2

Werner Hüper

Golf

Terrassengespräche

Berichte vom 19. Loch

Impressum:

Bibliografische Information der Deutschen Nationalbibliothek:
Die Deutsche Nationalbibliothek verzeichnet diese Publikation in der Deutschen Nationalbibliografie; detaillierte bibliografische Daten sind im Internet über www.dnb.de abrufbar.

© 2015 Werner Hüper

Herstellung und Verlag: BoD – Books on Demand, Norderstedt

ISBN: 9783734761454

Vorwort

Die vier Golfer, die sich regelmäßig nach ihrem Spiel auf der Terrasse des Clubrestaurants zur „Nachbetrachtung" einfinden, sind frei erfunden. Gleichwohl ist es nicht ausgeschlossen, dass der eine oder andere geneigte Leser sich oder bestimmte Verhaltensmuster von sich oder anderen erkennt. Das ist nicht beabsichtigt, soll aber auch nicht unbedingt vermieden werden.

Die hier erzählten Geschichten sollen ebenso wie das Golfspiel Spaß bereiten. Also ist die Lektüre besonders den Golfern empfohlen, die Spaß verstehen. Wer nicht zu dieser beneidenswerten Spezies gehört, sollte sich wenigstens damit anfreunden können, dass sich die mit einer gesunden Portion Humor ausgestatteten Leser über die eine oder andere Episode amüsieren. Das ist jedenfalls das Ziel des Autors.

***

Inhalt **Seite**

Immer montags	9
Gerold und der Slice	19
Ferdinand bei den „Adlern"	23
Der neue Regenanzug	26
Gerold und die Greenkeeper	29
Das „Tagesdu"	40
Der Wirt spielt Golf	46
Der neue Putter	52
Die EDS-Runde	61
Entfernungsmesser	68
Eine misslungene Annäherung	72
Hunde auf dem Golfplatz	76
Die „Adler" on Tour	80
Die „Grünen" erobern den Golfplatz	83
Die Apfelernte	86
Der Monatsbecher	90
Der Ehepaar-Vierer	92
Das Oktoberfest	95
Das war es	103

8

Immer montags

Nach 18 Löchern - sie spielen montags immer 18 Löcher - geht es auf der Terrasse erst einmal um die Getränkebestellung. Sie, das sind vier Herren im dritten Drittel ihres Lebens. Alles begeisterte Golfer mit durchaus unterschiedlichem Talent, die sich seit nunmehr wohl sieben Jahren regelmäßig montags auf dem Golfplatz einfinden, um 18 Löcher zu spielen. Begonnen hat das im Golfclub in der Nachbarschaft, dem sie aber wegen zunehmender Ungemütlichkeit und anderer Vorkommnisse, auf die hier nicht näher eingegangen werden soll, den Rücken gekehrt haben. Die gemeinsame Runde wurde einfach fortgesetzt und für montags verabredet, nachdem Sie Mitglied in diesem wunderschönen, nur wenige Kilometer entfernten Golf- und Landclub wurden, der für sie noch schöner sein könnte, wenn man nur hin und wieder auf ihren gut gemeinten, aber im Ton bestimmt und wiederholt vorgetragenen Rat hören würde.

Diesbezüglich war es im alten Club, der nur über 9 Löcher verfügt, wesentlich einfacher. Rein mathematisch gibt es eben an 9 Löchern weniger zu kritisieren als an 18 Spielbahnen. Aber dazu später.

Ferdinand (68) war früher Fleischfachverkäufer mit Umsatzbeteiligung in einer renommierten Schlachterei in der nahen Kreisstadt und sah sich mit 59 Jahren veranlasst, vorzeitig in den Ruhestand zu wechseln. Ein berufsbedingtes, weit verbreitetes Rückenleiden zwang ihn zur Aufgabe seines geliebten Berufs und zum gleichzeitigen Verzicht auf die Umsatzbeteiligung, an die er sich im Laufe der Jahre so sehr gewöhnt hatte. Erfreulicherweise hindert ihn bisher das Rückenleiden beim Golfspiel nur bedingt, weil nach Einnahme einer ansehnlichen Dosis eines verschreibungspflichtigen Schmerzmittels, am besten zwei Stunden vor dem Start, die Rückenschmerzen durchaus erträglich werden und Golf in einem Flight zusammen mit Uli, Gerold und Wolf-Dieter ohnehin eine Menge Ablenkung garantiert.

Die innige Beziehung Ferdinands zu seinem Beruf ist natürlich nicht ohne Wirkung geblieben. Seine äußere Erscheinung dokumentiert eine gewisse Vorliebe für Fleischprodukte auf dem täglichen Speiseplan. Die Langzeitwirkung einer solch einseitigen Ernährung ist häufig in ländlichen Gegenden in Bayern zu beobachten, wo der auch überregional bekannte „Stiernacken" besonders verbreitet ist. Oft gesellt sich zu diesem Merkmal eine stark gerötete Gesichtsfarbe, so auch bei Ferdinand. Erstaunlich ist, dass Ferdinand nicht das bei diesen Voraussetzungen übliche Übergewicht zu beklagen hat. Man könnte sogar behaupten, gemessen an seiner Körpergröße sei er schlank.

Ulrich (70), genannt Uli, hat eine Karriere als Geschichts- und Biologielehrer hinter sich. Wegen seiner geringen Körpergröße nannten ihn die Schüler der Oberstufe hinter seinem Rücken „Ulrich der Kurze", was ihm aber nicht verborgen blieb und gehörig an seinem Selbstbewusstsein kratzte. Der aufreibende Lehrerberuf wurde durch diese Respektlosigkeit für ihn noch unerträglicher. Erschwerend kam ein nicht unbeträchtliches Übergewicht hinzu, das er aber mit verschiedenen Formen der Körperertüchtigung zu bekämpfen sucht. Seit sieben Jahren nun genießt Uli das Leben eines Pensionärs. Eigentlich hätte er auf den Stress am nahen Gymnasium schon viel früher verzichten sollen. Aus heutiger Sicht litt er wohl zunehmend an einem Burnout-Syndrom. Leider gab es das zu seiner Zeit noch nicht, jedenfalls war ihm derlei Leiden nicht bekannt. Auch die einschlägige Fachpresse, wie z.B. die in seiner Apotheke alle 14 Tage kostenfrei verfügbare "Apotheken-Umschau" mit einer Auflage von 10 Millionen Exemplaren, hatte dieses Thema jahrelang ignoriert.

Erst vor kurzem las er in diesem Magazin, dass es sich bei dem erwähnten Burnout-Syndrom um einen Zustand ausgesprochener emotionaler Erschöpfung mit reduzierter Leistungsfähigkeit handelt. Genau, stellte er fest, das ist es. Heute würde man mit solchen Symptomen und einem Attest, ausgestellt von einem befreundeten verantwortungsvollen Mediziner, sofort von einer so nervenaufreibenden Tätigkeit, wie es die eines Lehrers für Geschichte und Biologie ist, bei vollen Bezügen freigestellt und könnte das Golfspiel mit staatlicher Unterstützung wesentlich früher intensiv betreiben und demzufolge zu einer gewissen Fertigkeit gelangen, die Uli, jedenfalls nach Einschätzung seiner Spielpartner, völlig abgeht. Schließlich gebe es für derlei Fälle ja auch Beispiele in diesem Golfclub. Auf konkrete Nachfrage zieht Uli es vor, atmosphärische Störungen im Club zu vermeiden und deshalb keine Namen zu nennen.

Gerold (65) hat seine Tätigkeit als Bauleiter eines international bekannten Tiefbauunternehmens mit 58 - in beiderseitigem Einvernehmen - vorzeitig eingestellt und kann sich dank einer Abfindung in bemerkenswerter Höhe zufrieden dem Golfspiel widmen. Seinem häufigen Einsatz auf Baustellen im In-und Ausland verdankt er eine wettergestählte Haut und eine für sein Alter ungewöhnliche Fitness, die allein ihn allerdings noch nicht zu einem begabten Golfer macht.

Seinem energischen Auftreten verdankt er den Respekt, der ihm vielerorts entgegengebracht wird. Leider nicht von seinen Golffreunden, die seine häufigen Wutausbrüche als eher lächerlich empfinden, was sie ihm auch ein ums andere Mal zu verstehen geben.

Da auch seine Frau Elsbeth, er nennt sie Else, einen ausgeprägten Ehrgeiz als Golferin entwickelt, kann er sich Nachlässigkeiten im Spiel nicht leisten. Seine Vorgabe liefe Gefahr, hinter der seiner Frau zurückzubleiben. Es bedarf sicher keiner besonderen Erwähnung, dass es sich hierbei um eine Art Super-Gau für einen ambitionierten Seniorengolfer handeln würde.

Der Vierte im Bunde, Wolf-Dieter (59) ist der Einzige aus dieser Montagsrunde, der noch einer, wenn auch unregelmäßigen Beschäftigung nachgeht. Als selbständiger Finanzberater vermittelt er im Auftrag eines bedeutenden regionalen Geldinstituts Kredite. Der Status des „freien Unternehmers" erlaubt es ihm, montags das Gegenteil eines Unternehmers, also „Unterlasser" zu sein, und die gewonnene Zeit zu nutzen, um mit Ferdinand, Uli und Gerold auf die Runde zu gehen.

Da nach dem Spiel regelmäßig zeitaufwändige Gespräche über allerlei Vorkommnisse im Club geführt und die Ergebnisse der Runde detailliert analysiert werden müssen, verbleibt für Wolf-Dieter montags für die Vermittlung von Krediten verständlicherweise keinerlei zeitlicher Spielraum. Wolf-Dieter legt großen Wert auf ein gepflegtes Äußeres, das nach seiner Meinung einen großen Anteil an seinem beachtlichen beruflichen Erfolg hat. Zu einem perfekten Erscheinungsbild gehört selbstverständlich auch ein Körpergewicht, das in einem ausgewogenen Verhältnis zur Körpergröße zu stehen hat. Die besten Maßanzüge würden wohl kaum an einer außer Kontrolle geratenen Figur gut aussehen, das ist jedenfalls seine Meinung. Entsprechend geschmackvoll ist deshalb immer auch seine Kleidung auf dem Golfplatz, dezent, elegant und immer dem aktuellen Modetrend folgend. Die Zeiten, in denen selbstbewusste Golfer mit karierten Hosen auftraten, sind für ihn lange vorbei.

Die Vier bestellen also die erste Runde, die auf Uli geht. Über Ulis Abschlag an der 5 hätte man zwar trefflich streiten können, aber Ulis Flightpartner hatten mit bereits etwas trockener Kehle auf „Dame" entschieden. Außerdem hatte dieser ahnungslose Typ von Greenkeeper die Markierung viel zu weit nach hinten gesteckt. Vor einer Woche, als Gerold ebenfalls eine dieser lästigen Damen unterlief - auch an Loch 5 - hatten die Greenkeeper die Abschlagmarkierungen für die Damen ganz vorne auf dem Abschlag positioniert, was aus der Sicht des Herrenabschlags einen deutlich größeren Spielraum für „Damen" gab und die Chancen auf ein Gratisgetränk für die Mitspieler nachhaltig verbesserte. Wegen dieses Sachverhalts und wegen des ausgeprägten Gerechtigkeitssinns seiner Golffreunde kommt Uli mit seinen Protesten nicht durch, eine Runde wird fällig.

Uli, der bei Bestellungen im Allgemeinen zu großer Bescheidenheit neigt, stellt diese Eigenschaft durch die Beauftragung von 4 Gläsern Pils mit je 0,2 l Fassungsvermögen unter Beweis. Ferdinand, Gerold und Wolf-Dieter haben sich in den vergangenen Jahren an die ausgeprägte Sparsamkeit Ulis leidlich gewöhnt und lassen deshalb die Bestellung ohne ernsthaften, weil ohnehin zwecklosen Widerspruch durchgehen. Die nette Bedienung, wir nennen sie mal Christine, (wie der Wirt nur immer diese netten Damen für sich gewinnt?) serviert schnell und unkompliziert die frischen Pils. Diese kleinsten aller Pilsgläser lassen sich übrigens deutlich schneller zapfen als handelsübliche Biere, für die der Wirt Gläser mit 0,3 l, 0,4 l und 0,5 l Fassungsvermögen vorhält. Letztere vorzugsweise für sehr durstige Gäste aus den nördlichen Nachbarländern. Von dem deutlichen Zugewinn an Genuss bei einem größeren Glas lässt sich Uli nur dann überzeugen, wenn er nicht selbst der Besteller ist.

Die Vier feuchten also ihre trockenen Lippen an und bestellen angesichts schnell geleerter Gläser sofort und ohne Zeitverlust ein richtiges Bier. Christine, die dem Auftraggeber dieser nächsten Runde, Wolf-Dieter, bei der Annahme der Bestellung ein freundliches Lächeln gönnt, bemüht sich, den Auftrag schnellstens auszuführen, wohl wissend, dass das bescheidene Volumen der 0,2 l Gläser zu einem plötzlichen Nachholbedarf führt, was wiederum unmittelbar die an sich gute Stimmung auf der Terrasse negativ beeinflussen könnte. Christine weiß das zu verhindern.

Wolf-Dieter ist mit der Runde an der Reihe, weil er an der 12 ein Birdie gespielt hat, was seit Wochen nicht mehr passiert war. Schlimmer noch, es war ihm seit geraumer Zeit nicht mehr möglich, seinen Abschlag auf der Insel zu platzieren, weswegen er regelmäßig an der 12 einen Ball ins Spiel brachte, dessen Besitz er dem kunstfertigen Umgang mit einer Angel zu verdanken hatte, die er kürzlich im Internet günstig ersteigert hatte. Durch die häufigen Ballverluste an der 12 sah er sich nach einer gewissen Zeit zu dieser Anschaffung genötigt. Heute nun war es ihm ausnahmsweise gelungen, nicht nur das Grün zu treffen, sondern auch den Ball mit einem Putt - nach Wolf-Dieters Erinnerung waren es mindestens neun Meter - einzulochen. Bei der verbalen Nachbearbeitung dieser Bahn auf der Terrasse spricht Gerold zwar von einem kurzen Putt, aber auf die Klärung dieses unwesentlichen Details kann hier verzichtet werden. Jedenfalls beschert der glückliche Umstand, dass der Ball von Wolf-Dieter mit dem zweiten Schlag im Loch verschwand, den durstigen Golfern eine „richtige" Runde Bier, in deren vollen Genuss ein wenig unverdient auch Uli kommt.

Bevor es an die Auswertung der Scorekarten geht, meldet sich Uli zu Wort. Er bemerkt, dass an der Preisgestaltung des Wirts etwas nicht stimmen könne. Wieso denn 2 Pils mit je 0,2 l in der Summe teurer wären als ein Pils 0,4 l, will er wissen. Seine drei Golffreunde, alle mit einschlägiger Erfahrung aus der freien Wirtschaft, reagieren erst gar nicht, dann irritiert. Das sei doch so üblich, wendet Gerold ein, schließlich würde der Mehraufwand für Service, Gläser spülen etc. eine solche Kalkulation rechtfertigen.

Ferdinand, der frühere Fleischfachverkäufer mit Umsatzbeteiligung, lässt sich das durch den Kopf gehen und merkt nach einer kurzen Denkpause an, dass die Frage von Uli gar nicht so abwegig wäre. Als Fleischfachverkäufer hätte er für zwei Schnitzel auch nur den doppelten Preis eines Schnitzels verlangen können. Einen etwaigen Aufschlag für den zusätzlichen Service und den doppelten Schnitt hätte er bei der Kundschaft wohl kaum durchsetzen können. Dabei müsse man sehr wohl auch bei diesem Geschäftsvorgang von einem Mehr an Aufwand ausgehen.

Wolf-Dieter und Gerold halten diese Diskussion für wenig sinnvoll. Sie antworten, ohne sich festzulegen und mahnen endlich die Auswertung der Scorekarten an. Schließlich müsse man bei fast geleerten Gläsern umgehend in Erfahrung bringen, wer für die nächste Runde die Verantwortung zu übernehmen hätte.

***

Gerold und der Slice

Am nächsten Montag steht nach der Runde ein Vorgang im Mittelpunkt des Gesprächs, der sich am 1. Abschlag ereignete. Ferdinand, Wolf-Dieter und Uli können kaum den Genuss der ersten Runde Pils abwarten, von Christine wie immer perfekt auf der Terrasse serviert, bis sie Gerold um eine schlüssige Erklärung bitten, wie es denn um alles in der Welt dazu kommen konnte. Gerold, der, wie man wissen muss, Linkshänder ist und deshalb „falschrum" spielt, konnte sich immer auf einen ausgeprägten Slice verlassen, infolgedessen die Kugel bei seinem Abschlag an der 1 in schöner Regelmäßigkeit auf der direkt am Golfplatz vorbeiführenden Landstraße landete und dadurch dieses Areal für vorbeifahrende Fahrzeuge, Fußgänger und Radfahrer vorübergehend zu einer besonderen Gefahrenzone wurde, jedenfalls montags so gegen 10:00 Uhr. An diesem Montag aber landete sein Abschlag auf der anderen Seite der Bahn 1, auf der Driving Range.

Was war geschehen?
Gerold, der bereits unzählige Versuche gestartet hatte, sich von dem lästigen Slice zu befreien, war zum Äußersten entschlossen. Nachdem selbst teuerste, nach modernsten technischen und

wissenschaftlichen Erkenntnissen hergestellte Driver - eine hübsche Auswahl der mit „Anti-Slice-Garantie" ausgestatteten Exemplare ist in seiner Garage zu besichtigen - keine Abhilfe schaffen konnten, entschloss Gerold sich, den Pro um Hilfe zu bitten. Berufsbedingt ist Gerolds Fähigkeit, auch schwierige buchhalterische Vorgänge im Kopf zu rechnen, stärker ausgeprägt, als bei den meisten Golfern. Vor der Anschaffung des nächsten, auf der letzten Golfmesse vorgestellten Drivers hatte er mal eben überschlagen, dass er für den Gegenwert dieses neuen, für ihn durchaus reizvollen Sportgeräts nicht weniger als elf Trainerstunden würde buchen können. Natürlich musste diese Maßnahme vor den Freunden zunächst verheimlicht werden. Umso größer würde deren Verwunderung sein, wenn Gerolds Abschläge plötzlich schnurgerade fliegen und demonstrativ auf der Mitte der Spielbahn landen würden.

Aber es kam anders.

Die Assistentin des viel beschäftigten Pros machte in seinem engen Terminkalender Stunden für Gerold frei, wohl wissend, das dies für den Pro einem schmerzhaften Verzicht auf wertvolle Freizeit gleichkam. Gemeinsam stellten Pro und Gerold sich der Aufgabe, Gerolds Griff und Schwung umzustellen. Das erklärte Ziel, den ungewollten Slice aus Gerolds Schlagrepertoire zu verbannen, war binnen einer Woche leider nicht zu realisieren. Jeder Golfer weiß, dass nach professioneller Hilfestellung über einen gewissen Zeitraum der alte Schwung nicht mehr und der neue noch nicht funktioniert.

Genau in dieser Phase erleben die drei Golffreunde an diesem Montag Gerold. Man hat natürlich großes Verständnis für seine Vorgehensweise, schließlich steht er angesichts seiner wenig überzeugenden Drives und den daraus resultierenden miserablen Ergebnissen unter gewaltigem Druck. Besonders deswegen, weil Gerolds Frau, die regelmäßig am Dienstag bei den „Schwalben", dem erlesenen Kreis der Golferdamen, an den Start geht, kürzlich ihre Vorgabe um sage und schreibe zwei Schläge verbesserte. Das war für Gerold ein Schock und gleichzeitig ein Anschlag auf die innerfamiliäre golferische Vormachtstellung, die er um jeden Preis zu verteidigen die Absicht hat. Mit diesem von ihm schon seit einiger Zeit befürchteten Leistungssprung war sie seinem Handicap bedrohlich nahe gekommen. Also musste etwas geschehen.

Die Freunde geben sich mit dieser Erklärung zufrieden, drücken ihr Bedauern über die Geschehnisse aus und bestellen bei Christine neue Getränke. Diesmal übernimmt Ferdinand, dem es heute gelang, den Ball an der 7 mit dem dritten

Schlag einzulochen. Und für ein Birdie ist nun mal unter den Freunden eine Runde fällig. Die Bestellung wird von Christine entgegen genommen, nicht ohne Wolf-Dieter einen verführerischen Blick zuzuwerfen.

***

Ferdinand bei den „Adlern"

Ferdinand, der die Bestellung der erwähnten Runde als „Ehrensache" ansieht, berichtet vom letzten Mittwoch. Mittwochs spielen die Herren, die sich „Adler" nennen. Die „Adler" pflegen ganz eigenartige, nicht für jedermann nachvollziehbare Gewohnheiten und sind völlig unbelehrbar. Jedenfalls wenn Neuerungen oder vermeintliche Verbesserungen vorgeschlagen werden. So gibt es z.B. immer wieder Turniere, bei denen es angeblich nur um Spaß und Geselligkeit gehen, aber dennoch nach den Regeln gespielt werden soll. Gerold findet diese Veranstaltungen, die er „Pille-Palle-Turniere" nennt, völlig überflüssig und demonstriert an diesen Tagen gegen derlei sinnlosen Zeitvertreib, den er beim besten Willen nicht in die Kategorie Golfspiel einordnen will, mittels seiner Nichtteilnahme. Es kommt sogar vor, dass er mit Gleichgesinnten provozierend vor den „Adlern" seine Golfrunde beginnt, um sein Missfallen öffentlich zu machen. Lediglich bei vorgabenwirksamen Turnieren der „Adler" bequemt sich Gerold zu einer Anmeldung, nicht ohne die Spielleitung darauf hinzuweisen, dass mit der Startliste etwas nicht in Ordnung sei. Bei sportlichen Turnieren müsse doch eigentlich nach HCP gestartet werden. Dass immer wieder Flights gemischt würden, ginge ihm langsam auf dem Keks. Außerdem hält Gerold diese Regelung für eine nachhaltige Beeinträchtigung seines zu erwartenden Scores. Es sei eine Zumutung, mit Anfängern und Ignoranten spielen zu müssen. Darüber, dass er vielleicht selbst der Ignorant sein könnte, denkt er natürlich nicht nach.

Die Folge dieser seit Jahren unveränderten Sturheit der Spielleitung ist nach Gerolds Auffassung eine eklatante Beeinflussung der Chancen zur Verbesserung seiner Vorgabe. Der dadurch entstehende Wettbewerbsdruck durch seine Frau wurde bereits an anderer Stelle erwähnt.

Ferdinand sieht das alles nicht so eng und hatte am letzten Mittwoch beschlossen, trotz dieser Vorbehalte bei den „Adlern" mitzuspielen. Wegen des schönen Wetters und so. Man muss sich ja auch mal zeigen.

Während er sein Glas hebt, um mit seinen Mitspielern auf sein Birdie auf der 7 anzustoßen, geht er auf die Sitte ein, nach einer „Dame" oder einem Birdie die Mitspieler zu einem Getränk ihrer Wahl einzuladen. An besagtem Mittwoch nun wurde ihm ein solches Getränk trotz ausreichenden Anlasses - einer „Dame" an der 3 - verwehrt. Sein Mitspieler, ein langjähriger „Adler", hatte sich tatsächlich um diese ehrenvolle

Verpflichtung gedrückt und unter einem fadenscheinigen Vorwand - irgendein wichtiger, unaufschiebbarer Termin oder so - unmittelbar nach dem Spiel die Golfanlage verlassen. Daran könne man erkennen, welche unfairen Typen es bei den „Adlern" gebe. Und überhaupt!

Nun begann eine heftige Diskussion über diesen Vorgang, in dessen Verlauf über den Verfall der Sitten im allgemeinen und auf den Golfplätzen dieser Welt im besonderen debattiert wurde. Insbesondere eine konsequentere Umsetzung der Golfetikette gedachten die Freunde anzumahnen und beschlossen, demnächst dieses Thema einmal zur Sprache zu bringen.

Das Zusammentreffen an diesem Montag endete mit der Feststellung „Früher war alles besser".

***

Der neue Regenanzug

An diesem Montag regnet es, nicht heftig aber stetig. Uli, der ursprünglich auf seine Teilnahme an der regelmäßigen Golfrunde wegen der allgemeinen Wetterlage verzichten wollte, entschloss sich dann aber doch, lieber zu erscheinen. Nicht zuletzt wegen der zu erwartenden Hänseleien durch seine Golffreunde. Weichei, Memme und Warmduscher waren da noch die harmlosesten Titel, mit denen er bedacht werden würde. Immerhin war er glücklicher Besitzer eines neuen, äußerst funktionsfähigen Regenanzugs, um den er im Zuge eines Sonderangebots bei einem einschlägigen Golfausrüster in der nahen Großstadt vor ein paar Tagen seine Golfausrüstung mit Weitsicht ergänzt hatte, jedenfalls was den heutigen Tag angeht. Dieses bedeutende Ausstattungsdetail erleichterte ihm natürlich seine Entscheidung. Und so sitzt er wie jeden Montag mit Gerold, dem ehemaligen Bauleiter eines international bekannten Tiefbauunternehmens, mit Ferdinand, dem früheren Fleischfachverkäufer mit Umsatzbeteiligung und dem Finanzberater, Wolf-Dieter, der heute wie immer montags seine intensive Beratungstätigkeit unterbrochen hatte, im Clubrestaurant zusammen, um die Geschehnisse auf der heutigen Golfrunde zu erörtern. Da trotz des Regens die Temperaturen erträglich sind, befinden sie, dass sie auf der Terrasse Platz nehmen können, natürlich durch einen „Sonnenschirm" gegen den Dauerregen geschützt.

Ferdinand, Gerold und Wolf-Dieter war natürlich die Neuanschaffung Ulis nicht verborgen geblieben. Die leuchtend gelbe wind- und regendichte Jacke bildete einen unübersehbaren Kontrast zu der wind- und regendichten giftgrünen Hose. Wolf-Dieter hegte den Verdacht, dieses unter der Bezeichnung Regenanzug von Uli erstandene Outfit sei wohl als unverkäuflich, quasi als letzter Versuch im Sonderverkauf des einschlägigen Golfausrüsters in der nahen Großstadt gelandet und von Uli mit dem untrüglichen Blick für „Schnäppchen" ergattert worden.

Wolf-Dieter, berufsbedingt an allen geschäftlichen Vorgängen sehr interessiert, kann sich nicht verkneifen, sich nach den Details dieser von Uli getätigten Investition zu erkundigen. Statt nun direkt auf die Frage von Wolf-Dieter zu antworten, beginnt Uli mit einer umfassenden Betrachtung des Marktes für Golfausrüstungen und kommt nach der Erwähnung eigentlich völlig überflüssiger Einzelheiten endlich auf den clubeigenen Pro Shop zu sprechen. Er wisse ja selbst, dass es sich gehöre, den Pro, der ja unter gewaltigem

Umsatzdruck stehe, zu unterstützen und die Anschaffungen, die sich aus der Ausübung dieses Sports im Laufe eines Jahres zwangsläufig ergeben würden, selbstverständlich im Pro Shop zu tätigen. Leider hätte seine Recherche nach einem geeigneten Regenanzug im Rahmen der von ihm finanzierbaren Preisspanne im Pro Shop nicht zum Erfolg geführt. Und sie, seine Golffreunde wüssten ja, dass die Pension, auf deren Bezug ein ehemaliger Lehrer für Biologie und Geschichte Anspruch hätte, auch nicht annähernd mit den finanziellen Ressourcen eines Bauleiters mit großzügiger Abfindung, dem finanziellen Spielraum eines ehemaligen Fleischfachverkäufers mit Umsatzbeteiligung oder etwa den Einkünften eines selbständigen Kreditvermittlers zu vergleichen sei. Da wäre es doch nur konsequent und legitim, sich nach Angeboten umzusehen, die innerhalb seiner monetären Möglichkeiten lägen. Auf die Belange des Pros könne er unter diesen Umständen nur bedingt Rücksicht nehmen.

Nach diesen Einlassungen, ist den Mienen von Ferdinand, Gerold und Wolf-Dieter zu entnehmen, dass sie für den Pro tiefes Bedauern wegen des entgangenen Umsatzes empfinden. Oder sollte die Stimmung wegen Ulis finanzieller Situation gekippt sein?

***

Gerold und die Greenkeeper

Schade, heute gab es weder eine „Dame" noch ein Birdie, also ein durchaus unbefriedigendes Ergebnis dieser Golfrunde, weil als Konsequenz dieser Ereignislosigkeit jeder der vier Golffreunde sein Erfrischungsgetränk eigentlich selbst bezahlen müsste. Da aber auch bei einer sog. Pflichtrunde durch die zwangsläufig anfallenden Nachbestellungen es immer wieder darauf hinausläuft, dass die zu begleichenden Getränkekosten zu gleichen Teilen von den vier Golffreunden aufgebracht werden müssen, spielt es eigentlich keine Rolle, wer die erste Runde bestellt. In Würdigung dieser Tatsache ergreift Gerold die Initiative und ordert eine Runde Pils. Von den erwähnten Kosten für Getränke entfällt natürlich nur dann auf jeden ein Anteil von 25 %, wenn Uli sich weder durch eine „Dame" noch durch ein Birdie in Zugzwang befindet. In diesen Fällen besteht er darauf, dass der für die 0,2 l Pils entsprechend geringere Aufwand bei der Aufteilung der Zeche Berücksichtigung findet. Hierbei ist der Hinweis bedeutend, dass die von Uli spendierten „Zwangsrunden" eher den von ihm gespielten „Damen" als den bei ihm eigentlich nicht vorkommenden Birdies geschuldet sind.

Trotz des erwähnten Mangels an Vorkommnissen gibt es an diesem Montag eine heftige Diskussion, deren Ursache erst einen Tag zurück liegt.

Gerold, bei dem sich irgendwann das Gefühl einstellte, die Trainerstunden würden sich tatsächlich in der Weise auswirken, dass der lästige Slice seinen Ball deutlich seltener von der Landung auf dem Fairway abhielt, als das noch vor der Zusammenarbeit mit dem Pro der Fall war, hatte den Versuch unternommen, am gestrigen Sonntag anlässlich des Monatsbechers, der immer vorgabenwirksam gespielt wird, die deutlich spürbare Leistungssteigerung unter Wettbewerbsbedingungen unter Beweis zu stellen. Wolf-Dieter, schon länger scharf auf den Parkplatz, der für den Nettosieger des Monatsbechers für einen Monat reserviert wird, fand die Idee gut und meldete ebenfalls. Einem glücklichen Umstand war es zu verdanken, dass die beiden Golffreunde in einem Flight starten durften. Auf die Frage, wie ein solch glücklicher „Zufall" herbeigeführt werden kann, soll hier nicht eingegangen werden.

Die ersten vier Bahnen ging alles gut, wenn man davon absieht, dass Gerolds Abschlag an der 4 in diesem unsäglichen Bunker landete und er erst nach zwei Bunkerschlägen sein Spiel fortsetzen konnte. Mit einem Doppelbogey war er noch gut bedient.

Die Bahn 5 sollte für ihn noch etwas unglücklicher laufen. Gerolds Ball lag nach dem 2. Schlag links vom Fairway im Semirough. Im Vertrauen auf seinen neuen und wie er glaubte, hinreichend mit dem Pro geübten Schwung, gedachte er, das Grün mit dem Holz 5 zu erreichen. Wie wir wissen, ist Gerold Linkshänder. Für ihn völlig überraschend stellte sich der eliminiert geglaubte Slice wieder ein, der Ball landete im Aus und verschwand in dem noch nicht abgeernteten Getreidefeld neben der Golfbahn. Unter dem Einfluss eines spürbar erhöhten Adrenalinspiegels wiederholte Gerold den Schlag, wiederum im Vertrauen auf den neuen Schwung. Die Flugbahn glich leider auf fatale Weise der des ersten Balls, was zur Folge hatte, dass Gerold sich eine 12 notieren musste. Bei vielen Golfern wirkt sich ein solches Ereignis auf den nächsten Löchern nachhaltig aus und verursacht in besonders schlimmen Fällen sogar depressive Gemütszustände.

Das traf für Gerold nur bedingt zu.

Wutentbrannt eilte er zum nächsten Abschlag und wartete ungeduldig, bis er endlich an der Reihe war. Ohne jede Konzentration und wegen des Debakels am letzten Loch noch immer verärgert, beförderte er seinen Ball wie in längst überwunden geglaubten Zeiten mit einem gewaltigen Slice auf die benachbarte Bahn 14.

Wolf-Dieter redete auf ihn ein und versuchte, ihn zu beruhigen. Vergeblich. Als Antwort bekam er lediglich einen Fluch zu hören, der hier mit Rücksicht auf die Etikette nicht wiederholt wird, und anschließend reichlich Beschimpfungen, die offensichtlich für die Greenkeeper gedacht waren. Wolf-Dieter verzichtete auf weitere Bemühungen, mit Gerold eine vernünftige Gesprächsbasis zu finden. Der hüllte sich für den Rest der Runde in Schweigen und verließ, nachdem er seine Unterschrift unter die Scorekarte gesetzt hatte, mit immer noch hochrotem Kopf die Anlage, ohne seine Mitspieler noch eines Blickes zu würdigen.

Heute, einen Tag nach diesem, wie er es nennt, ungehobelten Benehmen von Gerold, will Wolf-Dieter noch einmal auf diese Angelegenheit zu sprechen kommen und im Kreis der Freunde klarstellen, dass ein solches Verhalten weder angemessen noch verständlich sei, vielmehr hätte man es hier ja wohl mit einer unerhörten Entgleisung zu tun, die nicht wieder vorkommen dürfe.

Da hatte er sich aber in Gerold verschätzt.

Er, Gerold, hätte ja wohl das Recht, nach diesem Vorgang stinksauer zu sein, insofern sei seine unwirsche Reaktion nicht nur verständlich sondern geradezu zwangsläufig. Ob Wolf-Dieter denn nicht gemerkt habe, dass das Semirough an der 5 während des gestrigen Turniers in einem erbärmlichen Zustand gewesen sei. Sie wüssten doch wohl alle, dass er mit dem 5er-Holz absolut sicher sei und Fehlschläge so gut wie nicht vorkämen. Das Rough war zu lang und die Greenkeeper zu faul. Das ist die unumstößliche Meinung Gerolds, von der er auch heute, nachdem er eine Nacht darüber geschlafen hat, nicht abrücken will.

Jetzt meldet sich Ferdinand zu Wort, der zu bedenken gibt, dass die Fehlschläge, über die inzwischen wegen der in dominanter Lautstärke geführten Diskussion auch die Gäste an den Nachbartischen detailliert informiert sind, auf den kürzlich erlernten, aber noch bei weitem nicht sicheren neuen Schwung zurückzuführen sein könnten. Diese Bemerkung bringt Gerold noch mehr in Rage.

Natürlich hat er den neuen Schwung längst im Griff und die Schuld liegt ausschließlich bei den Greenkeepern. Das mit dem Rough an der 5 sei ja auch längst nicht alles, erklärt er mit weiterhin übertriebener Lautstärke und droht in einen ähnlichen Erregungszustand zu geraten wie am Tag zuvor während des Turniers.

Was denn noch?

Die Fahnenposition auf dem 14. Grün wäre eine Frechheit gewesen. Quasi unputtbar! Wer auf die Idee komme, die Fahne so unfair zu positionieren, dass der Ball nach dem Putt weiter vom Loch entfernt liegen bleibt als vorher, müsse sich vorhalten lassen, vom Golfspiel so gut wie aber auch nichts zu verstehen. Das komme daher, dass der Greenkeeper nicht selbst hin und wieder Golf spiele. Nur dann könne er eine gewisse Kompetenz erlangen. So, ereifert er sich, ginge es jedenfalls nicht.

Dieser Ausbruch macht die Freunde nachdenklich. Sie warten, bis Gerold sich einigermaßen beruhigt hat. Dann bringt Wolf-Dieter einen neuen Aspekt in die kontroverse Diskussion, der Gerold besänftigen soll.

Das Gegenteil tritt ein.

Wolf-Dieter nimmt zunächst die Greenkeeper in Schutz. Jeder wisse, welch hervorragende Arbeit sie leisten würden, und natürlich könne man es nicht jedem Golfer recht machen. Der Platz sei in einem außergewöhnlich guten Zustand, was übrigens auch viele Gäste auf der Anlage bestätigen würden. Es sei auch überhaupt nicht einzusehen, dass der Head-Greenkeeper Golf spielen müsse, um von dem Geschäft etwas zu verstehen. Er, Wolf-Dieter, vermittle schließlich berufsbedingt auch ständig Kredite. Und in diesem

Job sei er sehr erfolgreich, ohne selbst Kredite aufnehmen zu müssen. Ob das denn nicht Beweis genug sei.

Gerold lässt dieses Argument kurz auf sich wirken, schüttelt den Kopf, der inzwischen eine bedrohlich wirkende, tiefrote Farbe angenommen hat, steht auf und verlässt grußlos die Terrasse des Clubhauses.

Verständlich, dass die Golfrunde der vier Freunde am folgenden Montag unter einer etwas gedämpften Stimmung leidet. Immerhin hat sich Gerold offensichtlich wieder beruhigt und erscheint am Abschlag als sei nichts geschehen. Ferdinand, Uli und Wolf-Dieter sind auch nicht als nachtragend bekannt und vermeiden deshalb auch, wegen des vergangenen Montags bei Gerold noch einmal nachzuhaken. Sein grußloser Abgang hatte bei den Freunden zwar eine gewisse Verärgerung verursacht, aber nach einer Woche hat sich der Groll gelegt und es wird wieder ernsthaft Golf gespielt.

Nach der Runde finden sich die vier Freunde wie immer auf der Terrasse ein und erörtern einerseits das Weltgeschehen und andererseits, was wichtiger ist, nämlich die soeben beendete Golfrunde. Die erste Getränkerunde - Uli besteht auf einem Pils 0,3 l - muss Ferdinand bestellen, der sich gleich am 1. Abschlag eine „Dame" leistete, für die er aber Uli und Wolf-Dieter verantwortlich macht, weil die beiden ihn durch eine Diskussion darüber, ob es wohl heute Regen geben könnte, in der Konzentration störten.

Er solle sich nicht so haben, schließlich führe am ersten Abschlag eine Straße entlang und der Verkehr auf derselben störe ihn ja auch nicht. Und er nehme ja in vergleichbaren Fällen auch keine Rücksicht.

Auf der Terrasse, beim 3. Bier, kommt Gerold mit einem Vorschlag, der bei den Freunden Unverständnis und Erstaunen verursacht. Sie könnten sich ja wohl noch erinnern, dass er, Gerold, vor einer guten Woche um den Lohn seiner intensiven Trainingsbemühungen gebracht wurde, weil die Greenkeeper ihren Job nicht ordentlich erledigt hatten. Er wolle nicht ins Detail gehen, aber die 4 Putts an der 14 hätte er noch nicht vergessen. Wie es denn wäre, fragt er in die Runde, wenn man mal wieder auf einem anderen, gepflegten Platz spielen würde, z.B. auf dem 9-Loch-Platz in der Nachbarschaft, wo sie doch bis vor einigen Jahren sehr zufriedene Mitglieder waren.

Ferdinand verbittet sich diesen albernen Scherz, während Uli und Wolf-Dieter diese Idee durchaus reizvoll finden. Man könne doch mal sehen, wie sich da alles so entwickelt hat und außerdem, so schlecht war es ja auch nicht. Hier zeigt sich, dass an dem Spruch „Die Zeit heilt alle Wunden" doch etwas Wahres ist. Nach Ferdinands „Nicht mit mir" verabreden Gerold, Uli und Wolf-Dieter für die nächsten Tage eine temporäre Rückkehr in den Club, den sie einmal gemeinsam mit vielen anderen Golfern aus Verärgerung verlassen hatten.

Am nächsten Montag kommt es unverhofft nochmals zu einer etwas intensiveren Diskussion über die Arbeit der Greenkeeper. Nach Ferdinands vergeblichem Versuch, seine Freunde zu einem ausführlichen Bericht über die Golfrunde auf dem Nachbarplatz zu animieren - die Freunde haben keinerlei Neigung von diesem eher unerfreulichen Ausflug zu berichten - äußert Gerold die Meinung, man müsse noch einmal auf das vor einer Woche geführte Gespräch über die Greenkeeper zurückkommen. Ob ihnen denn nicht aufgefallen sei, dass der Pflegezustand des Platzes sich im Laufe der Jahre deutlich verschlechtert habe.

Eigentlich haben Wolf-Dieter, Ferdinand und Uli keinerlei Neigung, das Thema aufzuwärmen, wenngleich sie einräumen müssen, dass Gerold nicht ganz Unrecht hat. Vielleicht waren die missglückten Putts von Gerold vor zwei Wochen an der 14 doch nicht nur seiner Unfähigkeit geschuldet. Jedenfalls geraten die Freunde mehr oder weniger ungewollt in eine weitere hitzige

Debatte über das Greenkeeping. Im weiteren Verlauf deutet Ferdinand an, er habe Informationen über die Rahmenbedingungen, unter denen die Greenkeeper arbeiten würden. Aus Kostengründen seien die Arbeitszeiten limitiert und es sei quasi von „oben" angeordnet, die Arbeit wie etwa in einer Behörde pünktlich um 16:00 Uhr zu beenden.

Uli, der als pensionierter Lehrer als einziger der Runde die Sicht eines Beamten nachvollziehen kann, weist diesen Vergleich als völlig unangemessen zurück und verwahrt sich gegen die allgemeine Verunglimpfung der Beamten. Wegen einiger schwarzer Schafe könne man wohl kaum einen ganzen Berufsstand diffamieren. Im Übrigen ginge es ja wohl bei der Pflege des Golfplatzes ausschließlich um die Qualität der Anlage und deshalb dürften kleinlich dosierte Arbeitszeitkontingente keine Rolle spielen. Die Freunde pflichten Uli kleinlaut bei und fordern Ferdinand auf, mehr von seinem Insiderwissen preiszugeben.

Ferdinand zögert und bemerkt dann, er wolle ja „nichts gesagt haben", aber er wisse aus gut unterrichteten Kreisen, dass zu Beginn der Saison die Greenkeeper über Gebühr lange untätig waren. Angeblich sollten sie Überstunden abbummeln und damit den Etat des Betreibers entlasten. Außerdem hätte die sehr nette Frau des

Head-Greenkeepers Nachwuchs bekommen, was sehr erfreulich sei. Man müsse allerdings auch bedenken, dass ein junger Vater vor einer schwierigen Entscheidung stehe, wenn er zwischen Familie und Golfplatz wählen müsse. Schließlich wisse man ja auch nicht, welchen Einfluss auf seine Zeitdispositionen seine Frau ausübe. Wolf-Dieter, Gerold und Uli werden bei diesem Hinweis nachdenklich. Ihre eigenen häuslichen Verhältnisse vor Augen nicken sie verständnisvoll und fragen nicht weiter nach.

***

Das „Tagesdu"

Ferdinand hatte sich wieder einmal entschieden, für das Turnier der „Adler" am Mittwoch zu melden. Eigentlich hatte es ihm bei seiner ersten Teilnahme vor einigen Wochen in der Herrenrunde ganz gut gefallen, auch wenn beklagenswert langsame Flights das Spiel auf ärgerliche Weise verzögert hatten und er erstaunliche Großzügigkeit bei der Auslegung von Regeln beobachtet hatte. So war er doch sehr verwundert darüber, dass einer seiner Mitbewerber im Bunker Erleichterungen in Anspruch genommen hatte, die in den einschlägigen Regelwerken nicht vermerkt waren. Anderseits waren die meisten „Adler" ganz nett und das Wetter konnte man getrost als ideales Golfwetter bezeichnen. Außerdem empfand er es als großen Vorteil, dass man sich noch am späten Vormittag anmelden und demzufolge die Wetterlage in seine Überlegungen einbeziehen konnte.

Ferdinand spielte also am Mittwoch bei den Herren mit, was zur Folge hat, dass er am folgenden Montag seinen Freunden Gerold, Wolf-Dieter und Uli eine Geschichte zu erzählen hat, an deren Wahrheitsgehalt die Freunde aus naheliegenden Gründen zweifeln müssen.

Man sollte wissen, dass ansonsten nie Zweifel an der Glaubwürdigkeit Ferdinands aufgekommen waren. In seiner beruflichen Karriere als Fleischereifachverkäufer mit Umsatzbeteiligung war er die Integrität in Person. Wegen seiner Zuverlässigkeit und Genauigkeit war er im ganzen Ort bekannt. Niemals hatte er versucht, den Umsatz künstlich zu steigern, in dem er etwa nach der weit verbreiteten Methode „darf es etwas mehr sein?" gehandelt hätte. Das wäre unter seiner Ehre gewesen. Und so pocht er jetzt auch darauf, dass das am letzten Mittwoch bei der Golfrunde der „Adler" Erlebte von ihm wahrheitsgetreu wiedergegeben wurde.

Was war passiert?

Entsprechend seinem Verständnis von etikette- und regelgerechtem Verhalten auf dem Golfplatz hatte er sich 10 Minuten vor seiner Abschlagzeit am Abschlag 1 eingefunden. Die Organisatoren dieser Herrennachmittage hatten, um der leidigen Kritik wegen zu geringer Spielgeschwindigkeit zu entgehen, 3-er-Flights einteilen lassen. Mit dem Hinweis auf den Computer, den man nicht beeinflussen könne, wurden die notorischen „Langsamspieler" in die hinteren Flights verbannt, was dem überwiegenden Teil der Spieler eine relativ entspannte, flüssige Runde ermöglichen sollte. Der Zusatzeffekt, nämlich eine deutlich verlängerte produktive Verzehrzeit im Restaurant mit signifikanten Umsatzvorteilen für den Wirt, wurde wohlwollend in Kauf genommen. Schließlich sollte die Wartezeit, bis die letzten Flights auch das Clubhaus erreichen würden, auf irgendeine Weise genutzt werden, warum nicht zum Wohle des Wirts?

Ferdinand war nicht als langsamer Spieler bekannt und hatte aus diesem Grund eine der früheren Startzeiten erwischt. Ihn erwarteten am Abschlag zwei Mitspieler, von denen er einen bereits aus einer früheren Golfrunde kannte, die nicht besonders erwähnt werden muss, abgesehen von einer 12, die sich Ferdinand an der 4 notieren musste. Der andere Flightpartner war ihm nicht nur unbekannt sondern auch unsympathisch. Ohne das spontan schlüssig begründen zu können, er war ihm einfach unsympathisch. Die Aussicht, mit jemandem, der schon auf den ersten Blick für eine nähere Bekanntschaft nicht in Betracht kam, über 18 Löcher Golf spielen zu müssen, war eine Sache. Eine andere die Haltung Ferdinands, der sich der strikten Einhaltung der Golfetikette verpflichtet fühlt. Und so begab er sich in sein Schicksal - 18 Löcher mit diesem Typen spielen zu müssen, empfand er sehr wohl als Schicksalsschlag - und wünschte einen guten Tag, nicht ohne sich vorzustellen. Da er wusste, dass es unter den Adlern üblich ist, auf das förmliche „Sie" zu verzichten, formulierte er ein freundliches „ich bin Ferdinand" und reichte dem Fremden die Hand.

Diese Art von freundlicher Begrüßung war ein Fehler, jedenfalls aus der Sicht des Fremden. Der gab Ferdinand zögerlich die Hand, grummelte etwas wie „Dr. Blasiert" und ergänzte, das „Du" käme ihm gar nicht gelegen. Er sei kein Freund von derlei Vertraulichkeiten und schon gar nicht so plötzlich. Der dritte Mitspieler mischte sich ein, und erklärte, es sei schließlich bei den Adlern üblich, sich zu duzen und das ohne Ausnahme. Daraufhin machte Dr. Blasiert deutlich, dass ihn das nicht interessiere, er habe schließlich seine Prinzipien.

Betretenes Schweigen.

Nach einer kurzen Denkpause, meldete sich Dr. Blasiert wieder zu Wort mit einem Vorschlag, der bei seinen Flightpartnern nicht weniger als Verwunderung auslöste. Er sei schließlich kein Unmensch und wolle auch einer harmonischen Golfrunde nicht im Wege stehen. Deshalb schlage er seinen Mitspielern das „Tagesdu" vor. Selbstverständlich würde man sich nach dem Turnier wieder „siezen", bis dahin dulde er es ausnahmsweise, mit seinem Vornamen Karl-

Friedrich angesprochen zu werden. Wenn die Herren das akzeptierten, könne man jetzt abschlagen.

Ferdinand staunte. Er spielte inzwischen so lange Golf, dass er sich vor allerlei Überraschungen gefeit sah. Aber diese Zumutung raubte ihm die Lust am Golfspiel, mindestens für den heutigen Nachmittag. Es muss sicher nicht besonders erwähnt werden, dass an diesem Mittwoch aus Ferdinands Sicht eine weniger erfolgreiche Golfrunde mit einem unterirdischen Ergebnis gespielt wurde. Die Scorekarte unterschrieb er nach dem achtzehnten Loch nur widerwillig, am liebsten wäre er auf dem kürzesten Weg nach Hause gefahren und hätte das „no return" in der Ergebnisliste einfach hingenommen. Aber er weiß ja, was sich gehört.

Mit einem „Was sagt ihr nun?" beendet Ferdinand seine Erzählung und wartet gespannt auf die Reaktionen seiner Freunde Uli, Gerold und Wolf-Dieter. Die Freunde sagen zunächst nichts, schauen Ferdinand aber ziemlich ungläubig an. Sie brauchen eine gewisse Zeit, bis sie sich von dieser wie sie meinen aberwitzigen Geschichte eine angemessene Meinung gebildet haben.

Gerold findet als erster seine Fassung wieder und stammelt: „Das darf doch wohl nicht wahr sein!".

Es folgt eine ausgiebige Diskussion über Benimm-Fragen, flegelhaftes Verhalten auf den Golfplätzen dieser Welt und den bedauerlichen, unübersehbaren Wertewandel in der Gesellschaft. Der ungehobelte Kerl solle doch um Gottes Willen solchen Turnieren fernbleiben, wirft Uli ein. Wolf-Dieter, der sein Wirtschaftsstudium zwei Semester vor dem Abschluss abgebrochen hatte und seitdem eine tiefgründige Abneigung gegen promovierte Akademiker pflegt, fällt nichts Besseres ein als: „Typisch Doktor!".

Das geht Gerold zu weit. Auch wenn er nicht nur gute Erfahrungen mit studierten Leuten gemacht habe, und auch wisse, dass Arroganz in diesen Kreisen häufig anzutreffen sei, könne man doch kaum ein solches Pauschalurteil fällen. Allerdings sei festzuhalten, dass Golfer auch keine besseren Zeitgenossen sind und sich der Durchschnitt der Bevölkerung wohl auch in ihrem Golf- und Landclub abbilde. Schnösel gäbe es eben überall. Man müsse ja nicht unbedingt mit ihnen Golf spielen.

Die Begleichung der Getränkerechnung erfolgt heute erstaunlicherweise ohne weiteren Klärungsbedarf. Jeder übernimmt ein Viertel der Zeche.

***

Der Wirt spielt Golf

Am heutigen Montag eröffnet Uli das Terrassengespräch, nicht ohne vorher die fällige erste Runde zu bestellen. Er hatte sich an der 9 eine völlig überflüssige Dame geleistet, mit dem anschließenden Schlag den Ball in den Teich befördert und damit den Grundstein für ein peinliches Ergebnis an diesem aus seiner Sicht eher leichten Loch gelegt. Das wäre nicht ganz so schlimm gewesen, wenn Gerold sich nicht auf dem Weg zum 10. Abschlag auf Höhe der voll besetzten Terrasse unüberhörbar erkundigt hätte: „Uli, Du hattest eine Elf?". Unter Freunden hätte man diesen Ausrutscher durchaus diskreter behandeln können, findet Uli.

Uli beginnt also das Gespräch mit der Frage: „Habt ihr auch schon von der Kritik an den golferischen Aktivitäten unseres Wirts gehört?" Wolf-Dieter, Gerold und Ferdinand fühlen noch keine Neigung, zu antworten und verdrängen diese Frage, um sich zunächst der Runde Pils zu widmen, die soeben, nur sieben Minuten nach der Bestellung, von Christine mit einem freundlichen Lächeln serviert wird. Natürlich in 0,2 l Gläsern, wer hätte von Uli auch etwas anderes erwartet?

„Also, was meint ihr dazu?" drängt Uli auf eine Antwort. Ferdinand reagiert als erster und will den Sinn dieser Diskussion hinterfragen. Der Wirt könne in seiner Freizeit anstellen, wonach ihm der Sinn stehe, meint er, ob er Golf spiele oder nicht, sei seine Angelegenheit. Uli will aber offensichtlich auf einen anderen Umstand hinaus. Er habe die Meinung gehört - was man so alles auf der Terrasse der Golfanlage zu hören bekommt! -, dass die Preise im Clubhaus deutlich moderater ausfallen könnten, wenn der Wirt mehr mitarbeiten und weniger Zeit auf dem Golfplatz verbringen würde. Beim Einsatz seiner Mitarbeiter ergebe sich dadurch für den Wirt ein beachtliches Einsparpotenzial.

„Das ist eine Milchmädchenrechnung" antwortet Ferdinand, der als ehemaliger Fleischfachverkäufer mit Umsatzbeteiligung meint, er könne aufgrund seiner früheren Tätigkeit das wohl gut beurteilen. (Obwohl ein Fleischfachverkäufer doch kaum etwas vom Kalkulationsgebaren eines Milchmädchens verstehen dürfte) Er, Ferdinand, wisse aus erster Hand, wie sich die Servicequalität auf die Umsatzentwicklung auswirken könne und habe deshalb durchaus Verständnis für die Verhaltensweise des Wirts.

Wolf-Dieter zieht es vor, nichts zu sagen und bestellt stattdessen bei Christine eine neue Runde Pils (0,3 l), weil man mit der von Uli georderten knapp bemessenen Getränkeration ja kaum den Durst bekämpfen kann, der nach 18 Löchern Golf zwangsläufig zu beklagen ist. Als Christine nach kurzer Zeit mit der frisch gezapften Runde am Tisch erscheint, wird die Diskussion wegen der Golfaktivitäten des Wirts kurz unterbrochen. Nach einem kurzen „Zum Wohl, die Herren" entschwindet Christine wieder in Richtung Theke, nicht ohne Wolf-Dieter auffällig freundlich zuzulächeln.

Natürlich ist den Freunden auch aufgefallen, dass Christine heute dem sommerlichen Wetter entsprechend leicht gekleidet ist (ihr Rock ist heute deutlich kürzer als sonst) und demzufolge der Phantasie der Herren bezüglich ihrer weiblichen Reize freien Lauf lässt. Gerold kann sich die Bemerkung nicht verkneifen, dass Bestellungen von Wolf-Dieter offensichtlich durch Christine immer auffallend schnell und bevorzugt ausgeführt würden. Wolf-Dieter geht nicht darauf ein.

„Also", setzt Ferdinand die noch nicht beendete Erörterung über den Zusammenhang von Preisen in der Clubgastronomie und dem von Uli beklagten Golfspiel des Wirts fort. „Also, mir ist ein perfekter Service wichtig. Ich will nach der

Golfrunde nicht ewig auf mein Pils warten." Dafür würde er gerne den einen oder anderen Euro mehr bezahlen, ergänzt er.

Diesen Standpunkt findet Uli nun völlig unangemessen. So ginge es ja nicht, schließlich würden sie ja alle mit den „überhöhten" Preisen die Golfambitionen des Wirts finanzieren. Wo kämen wir denn hin, wenn jeder Dienstbote auf Kosten der Allgemeinheit sich den Luxus des Golfspielens erlauben würde? Uli redet sich in Rage und erinnert Ferdinand an die Bestellung der nächsten Runde. Ferdinand sei jetzt dran. Uli kann es nämlich nicht ertragen, dass irgendjemand an ihrem Tisch bei der Abrechnung der Zeche vielleicht besser wegkommen könnte als er selbst.

Jetzt endlich meldet sich Wolf-Dieter zu Wort. Ob es Uli nicht gut ginge, fragt er. Wie er denn auf eine so abwegige Argumentation verfallen könne. Es sei eine Frechheit, den Wirt als „Dienstboten" zu bezeichnen, der ja wohl immer noch freier Unternehmer sei und über die Verwendung seines Einkommens selbst entscheiden könne.

Dazu gehöre auch der Luxus, Golf zu spielen. Außerdem mache der Wirt einen tollen Job, was dazu geführt hätte, dass gerade diese Clubgastronomie in der gesamten Region über den grünen Klee gelobt werde. Wenn ihm, Uli, die Preise im Clubhaus nicht angemessen erscheinen würden, könne er ja demnächst sein Getränk im nahen Supermarkt an der Stehtheke einnehmen. Dann müsse er sich aber auch nach neuen Golfpartnern umsehen. Im Übrigen, ergänzt Wolf-Dieter, solle sich Uli an die eigene Nase fassen und mit seiner Kritik etwas vorsichtiger sein. Als vorzeitig pensionierter Lehrer verwende er ja schließlich auch einen Teil seiner von der Allgemeinheit finanzierten Pension, um Golf zu spielen. Als Lehrer habe er sich schließlich nicht selbst um seine Altersversorgung kümmern müssen, was bei dem Wirt ja durchaus anders sei. Und man würde ihm auch nicht vorrechnen, dass er bei Verzicht auf das Golfspiel mit einer geringeren Pension auskommen und damit die Pensionskasse entlasten könne. (Das wäre doch mal ein Vorschlag!)

Dieser Einwand, er habe sich nicht um seine Altersversorgung kümmern müssen, bringt Uli trotz des unstrittigen Tatbestands noch mehr in Rage. Das könne man so nicht sehen, erregt er sich. Er habe für seine Pension ja ein Leben lang gearbeitet, was man von dem Wirt ja wohl kaum sagen könnte.

Dazu will nun auch Gerold noch etwas anmerken, was die Diskussion auf der Stelle zum Ende bringt, weil Uli verärgert aufsteht, ohne seine Zeche zu bezahlen ziemlich aufgebracht zum Parkplatz rennt und mit leicht überhöhter Geschwindigkeit die Golfanlage verlässt. Dabei hatte Wolf-Dieter doch nur darauf hingewiesen, dass Uli ja auch hätte Wirt werden können, wofür viele seiner Schüler sicher dankbar gewesen wären.

***

Der neue Putter

An diesem Montag wartet auf Gerold, Ferdinand und Wolf-Dieter eine dicke Überraschung. Als sie zufällig zur selben Zeit ihre Fahrzeuge auf dem Parkplatz abstellen und ihre Golfausrüstung für die gemeinsame Runde startklar machen, erblicken sie Uli auf dem Übungsgrün.

Dies an sich ist schon ungewöhnlich, hatte Uli doch die Angewohnheit, immer auf den letzten Drücker zu erscheinen. Außerdem hielt er mit seiner ausgeprägten Abneigung gegenüber den „Übungsfanatikern" nicht hinter dem Berg. Er hätte keinerlei Verständnis für Leute, die teilweise über eine Stunde vor ihrer Startzeit die Übungseinrichtungen frequentierten, erklärte er seinen Mitspielern. Nur selten hätte er beobachtet, dass diese aufwändige Vorbereitung eine positive Auswirkung auf das anschließende Spiel hatte. Heute nun steht er selbst auf dem Puttinggreen und versucht hochkonzentriert, jeweils fünf Bälle in Serie aus unterschiedlichen Entfernungen einzulochen. Das hätten Gerold, Ferdinand und Wolf-Dieter vielleicht noch mit einer der bei Uli häufig beobachteten Launen erklären können. Was aber bei ihnen auf völliges Unverständnis stößt und lang anhaltendes

Kopfschütteln verursacht, ist die Tatsache, dass Uli mit einem dieser unanständig langen Putter sein Glück versuchte. Schon nach kurzer Beobachtungszeit war den Freunden klar: der neue Putter hatte mitnichten bei Uli eine deutliche Verbesserung der Puttergebnisse bewirkt. Noch immer gingen erbärmlich viele Putts deutlich am Loch vorbei. Aber das kannten sie von Uli ja.

Leider läuft es heute für Uli trotz der zusätzlichen Übungseinheit gar nicht gut. Drives und Fairwayschläge lassen sich noch einigermaßen an. Das kurze Spiel jedoch, schon immer eine hinlänglich bekannte Schwäche Ulis, übertrifft heute alles bisher Erlebte. Bei diversen Bunkerschlägen hat er kein Glück, wie Ferdinand wohlwollend bemerkt. Und dann kommt auf den Grüns noch Pech dazu. (Ironische Bemerkung von Gerold)

Mit dem neuen Putter will es einfach nicht gelingen. Bei den langen Putts schafft er es nicht, auch nur annähernd die Richtung zu treffen und in den seltenen Fällen, in denen sein Ball einigermaßen chancenreich in der Nähe der Fahne liegt, vermag er den Schwung mit dem neuen, für ihn noch ungewohnten Spielgerät nicht angemessen zu dosieren, mit der Folge, dass die Entfernung zum Loch nach dem Schlag immer noch groß genug für einen weiteren Fehlschlag ist.

Die teils kritischen, überwiegend aber höhnischen Blicke der Mitspieler bringen Uli zusehends in Rage, was die Aussicht auf ein halbwegs ordentliches Spiel weiter verschlechtert. Nach rund 4 ½ Stunden endet das Desaster, auf Ulis Scorekarte werden 114 Schläge notiert.

Uli ahnt natürlich, um welches Thema es gleich auf der Terrasse gehen wird. Seine Mitspieler hatten sich zwar mit Kommentaren zu seinem miserablen Spiel zurückgehalten, aber die Blicke, die sie sich untereinander zugeworfen hatten, waren ihm nicht entgangen und hatten seine Spielfreude nachhaltig gestört.

Wir immer serviert Christine ohne jede Verzögerung die frisch gezapfte Runde Pils, die Uli wegen seiner „Dame" an der 16 bestellt hatte, und nachdem jeder einen kräftigen Schluck genommen hat, kann Gerold seine Neugier nicht mehr bändigen und spricht Uli endlich auf den neuen Putter an.

„Was hast du dir eigentlich dabei gedacht?" beginnt Gerold. „Du hast dich doch bisher über diese komischen Dinger immer lustig gemacht und erklärt, so ein Unfug käme für dich nicht in Frage." Uli druckst etwas herum, nimmt, um Zeit zu gewinnen, noch einen kräftigen Schluck, und erklärt, er habe schlicht und einfach seine Meinung geändert. Mit dieser Erklärung, die eigentlich keine ist, sind die Freunde nicht zufrieden. Deshalb kommt es in der Folge zu einer umfangreichen Diskussion, in dessen Verlauf sich folgender Sachverhalt herausstellt:

Uli räumt ein, sich schon seit längerer Zeit über die ständigen Kommentare seiner „Golffreunde" geärgert zu haben. Die Bemerkungen, die er nach jedem misslungenen Putt - also unerträglich oft - zu hören bekam, gingen ihm gewaltig auf die Nerven und ließen auch schon die Überlegung aufkommen, diesem Golfspektakel, das er jeden Montag zu ertragen hatte, durch Verzicht auf Teilnahme ein Ende zu setzen. Andererseits mochte er seine Golfpartner und die regelmäßigen gemeinsamen Runden sehr - abgesehen, von seiner von ihm selbst eingeräumten Puttschwäche, die zu manchem Frusterlebnis geführt hatte. Wenn nur die hämischen Anmerkungen seiner Mitspieler nicht gewesen wären.

Uli sann also auf Abhilfe. Über das Internet hatte er sich eine „Home-Putting-Anlage" zugelegt, die seit einigen Wochen die Auslegeware in seinem Wohnzimmer ziert und zu unangenehmen Auseinandersetzungen mit seiner Frau Mechthild geführt hat. Dieses völlig unnütze Zeug - Mechthild empfindet keinerlei Sympathie für diesen Altherrensport - behindert ihre Reinigungsaktivitäten erheblich, und das bei jedem Staubsaugereinsatz, also täglich. Uli könnte doch wirklich nach seinen aus ihrer Sicht lächerlichen Übungseinheiten aufräumen und den Teppichboden im Wohnzimmer wieder frei zugänglich machen. Sie hätte ja schließlich weder Zeit noch Lust, ständig hinter ihm herzuräumen.

Auf diese Weise war Uli also in die beklagenswerte Situation geraten, dass ihm nicht nur montags auf dem Golfplatz wegen seiner misslungenen Putts Ungemach sicher war, nein, inzwischen hatte sein golferisches Manko auch zu einem Ärgernis innerhalb seiner eigenen vier Wände geführt.

Eines Abends nun hatte sich Uli in sein Arbeitszimmer zurückgezogen, um die Übertragung der Senior PGA Championchip aus den Vereinigten Staaten zu genießen. Die Kamera hatte gerade Bernhard Langer im Focus, von dem man weiß, dass er seit geraumer Zeit auf der Seniors Tour herausragende Ergebnisse erzielte, obwohl ihm nachgesagt wird, er verfüge im Vergleich zu anderen erfolgreichen Golfern nicht über die ausreichende Länge in seinen Schlägen. Die Kritiker belehrte er allerdings ein ums andere Mal eines besseren, weil er mit seinem überragenden kurzen Spiel jeden Nachteil gegenüber den „Longhittern" ausgleichen konnte.

Als Uli beobachtete, wie Langer einen 12-Meter-Putt souverän einlochte, durchfuhr es ihn wie ein

Blitz. Hatte Langer nicht mit einem überlangen Putter gespielt? Jetzt erinnerte Uli sich, vor Jahren davon gehört zu haben, dass Langer, als er unter der fürchterlichen Golferkrankheit Yips litt, die sogar seine Karriere gefährdete, durch den Wechsel zum so genannten Besenstielputter mit langem Schaft die Beschwerden in den Griff bekommen hatte.

Uli beschäftigte dieses Thema nun so sehr, dass er unverzüglich Recherchen im Internet anstellte, in dessen Verlauf er erfuhr, dass Bernhard Langer 1988 bei den British Open an Loch 17 aus einem Meter Entfernung fünf Schläge benötigte, um den Ball ins Loch zu bekommen. Jetzt beschlich Uli ein gewisses Mitgefühl, die Parallelen seines eigenen Spiels zu Bernhard Langers seinerzeitigem Dilemma waren nicht zu übersehen. Also würde ihm wohl ebenfalls ein derartiger Putter helfen.

Noch am selben Abend bestellte er bei einem dieser Golfhändler im Internet einen „Broom-Stick-Putter", den er, nachdem er aus naheliegenden Gründen den „Express-Versand" gewählt hatte, bereits zwei Tage später in Händen hielt.

Nach intensiven Versuchen auf der Indoor-Putt-Anlage im Wohnzimmer, die von eher bescheidenem Erfolg gekrönt waren, hatte Uli sich nun an diesem Montag wesentlich früher als sonst auf die Golfanlage begeben, um mit dem neuen Putter durch zusätzliche Übungseinheiten eine gewisse Routine zu erlangen.

Nun sitzt Uli also mit Ferdinand, Wolf-Dieter und Gerold nach dieser Golfrunde, die er am liebsten sofort ungeschehen machen würde, auf der Terrasse und stellt sich den neugierigen Fragen seiner Freunde, die zunächst etwas irritiert, später jedoch durchaus mit einer gewissen Anteilnahme der Schilderung Ulis zugehört hatten - nur unterbrochen von zwei weiteren Pils-Runden, die Ferdinand und Gerold bei Christine geordert hatten.

Wolf-Dieter bedrängt den ziemlich deprimiert schauenden Uli nochmals mit der Frage, ob denn die Entscheidung, seine Ausrüstung durch einen derartigen Putter zu ergänzen, von ihm gut überlegt sei. Man hätte ja auf der Runde sehen können, dass Uli mit diesem Gerät wohl noch nicht so recht glücklich geworden sei. Und, wie er, Wolf-Dieter, aus gut unterrichteter Quelle wisse, würden diese Besenstielputter über kurz oder lang ohnehin verboten.

Diese Bemerkung verursacht bei Uli, der annimmt, Wolf-Dieter wolle ihn auf den Arm nehmen, eine gewisse Blässe. Er kontert mit dem Hinweis, dass das ja nicht sein könne. Man würde ja wohl kaum mit Sportgeräten auf den Markt kommen, die schon nach kurzer Zeit wieder verboten würden.

Jetzt schaltet sich Gerold ein, der wissen will, dass nicht die Schläger, sondern nur eine bestimmte Art, sie zu benutzen, verboten werden soll. Dies bestätigt auch Ferdinand, der ähnliches im neuesten Golfmagazin gelesen hatte.

„Was soll denn der Quatsch?" fragt Uli ziemlich genervt, für die Benutzung eines Putters gebe es doch wohl keine Vorschriften. Er muss sich belehren lassen, dass genau dies der Fall ist, übrigens auch für ganz normale Putter, für die es ebenfalls gewisse Vorgaben für die regelkonforme Anwendung gebe.

Ulis Zweifel, ob denn die Investition in den langen Putter sich wohl rentieren würde, werden durch die vorgetragenen Argumente keineswegs geringer. Dessen ungeachtet kündigt er seinen Golffreunden unverdrossen an, schon bald den Beweis anzutreten, dass die ihm nachgesagte Schwäche auf den Grüns Vergangenheit sein würde. Nach dieser Ankündigung Ulis löst sich die Runde auf.

Am nächsten Montag erleben Ferdinand, Gerold und Wolf-Dieter, wie Uli sich unmittelbar vor der traditionellen gemeinsamen Golfrunde auf dem

Übungsgrün vom Pro verabschiedet, offensichtlich nach einer gerade absolvierten Trainerstunde - mit seinem alten, kurzen Putter.

***

Die EDS-Runde

Alles hätte passieren dürfen, nur das nicht. Gerold, der nach der Teilnahme an einigen vorgabenwirksamen Turnieren im Club den gefestigten Ruf genießt, überaus ehrgeizig zu sein, leidet ständig unter der Sorge, dass seine Frau, die nach einhelliger Meinung aller sog. Experten über deutlich mehr Talent verfügt als er, eines Tages eine bessere Vorgabe haben könnte. Auch außerhalb des Golfplatzes tut er viel dafür, den im Laufe der Zeit immer geringer werdenden Abstand zwischen ihnen zu verteidigen. So kam es schon vor, dass er seiner Elsbeth, genannt Else, dringend empfohlen hatte, doch auf die Teilnahme an der Damenrunde am Dienstag zu verzichten, um lieber im nahen Gartencenter nach günstigen Angeboten für Geranien zu schauen. Else durchschaute derlei Manöver regelmäßig und ließ sich den Dienstag im Kreis ihrer „Schwalben" auch durch Gerolds fadenscheinige Versuche nicht nehmen.

So kam es zu dem - aus Sicht Gerolds - Supergau. Else hatte am letzten Dienstag mit sage und schreibe 41 Netto - Punkten ihre Vorgabe derartig verbessert, dass sie Gerold bis auf 0,1 Schläge nahe gekommen war. Hierzu muss man wissen, dass die Damen nur selten vorgabenwirksam spielen, was sich im allgemeinen positiv auf die Zahl der Teilnehmerinnen auswirkt. Offensichtlich hat die Mehrzahl der Damen wenig Neigung, durch ein vorgabenwirksames Turnier ihre mühsam erspielte Vorgabe zu riskieren. Anders Else, sie hatte die Gelegenheit gerne genutzt und voller Stolz, natürlich mit einem gewissen Unterton des Triumphes, bei ihrer späten Heimkehr - das Ergebnis musste im Clubhaus ausführlich gefeiert werden - Gerold mit der Neuigkeit konfrontiert.

Gerold gratulierte und heuchelte etwas übertrieben Freude über den Erfolg seiner Frau. Gleichzeitig überlegte er fieberhaft, wie er diese Schmach wohl aus der Welt schaffen könnte.

Gerold, der durch seine berufliche Laufbahn, in der er es als Bauleiter im Tiefbau überwiegend mit eher rustikalen Charakteren zu tun hatte, verfügt naturgemäß über eine reservierte Haltung gegenüber Frauen, die in sog. Männerdomänen erfolgreich waren. Überflüssig zu erwähnen, dass gerade das Golfspiel aus seiner Sicht für Frauen eher ungeeignet erscheint. Insofern fasziniert ihn der in etlichen britischen Clubs übliche Verzicht auf spezielle Damenabschläge. Den Damen das Spiel auf diesem „heiligen Rasen" überhaupt zu erlauben, empfindet er ebenso wie die Briten bereits als ein äußerst großzügiges Zugeständnis.

Vor diesem Hintergrund ist es für Gerold nicht einfach, die von Elsbeth gerade erreichte Verbesserung ihrer Vorgabe zu verarbeiten.

Nun gilt es also, den ursprünglich durch das HCP belegten Leistungsunterschied auf schnellstem Weg wieder herzustellen. Allerdings beschleicht Gerold der Verdacht, dass dieses Vorhaben nicht so leicht umzusetzen sein wird. Hatte er doch in den letzten Turnieren, an denen er teilgenommen hatte, mit starker Nervosität zu kämpfen, die ihm regelmäßig ein gutes Ergebnis vermasselte. Anstatt seine Vorgabe zu verbessern, wurde der Abstand zur Vorgabe seiner Frau immer geringer. Dafür wurde seine Nervosität von Mal zu Mal größer. Und genau in dieser Phase taucht nun Else auf und erzählt von ihren 41 Punkten.

Das macht Gerold schwer zu schaffen.

Besonders wichtig in einer derartigen Lebens- und Golfkrise sind verlässliche Freunde. Da die Teilname an einem vorgabenwirksamen Turnier aus den geschilderten Gründen ausscheidet - man will sich ja nicht zum Gespött des gesamten Clubs machen - bittet Gerold seine Freunde Wolf-Dieter, Ferdinand und Uli, ihm doch bei einer EDS Runde zu helfen. Eine dieser EDS-Runden, bei der man vorgabenwirksam spielen und sich den Zähler aussuchen kann, erscheint ihm die richtige Lösung in dieser für ihn angespannten Situation.

Klar, unter Freunden schlägt man eine solche Bitte nicht ab. Gerold meldet also seine EDS-Runde im Sekretariat an und begleicht die dafür fällige Gebühr. Als Zähler wählt er Wolf-Dieter, der für seine Genauigkeit bekannt ist. Allerdings wird Wolf-Dieter auch eine gewisse Großzügigkeit nachgesagt, von der sich Gerold auf der Runde den einen oder anderen Vorteil erhofft. Dies sollte sich jedoch als Irrtum herausstellen.

Schon am ersten Abschlag kündigt Wolf-Dieter seine Absicht an, die Aufgabe des Zählers sehr ernst zu nehmen. Es sei ja wohl selbstverständlich, dass bei einer derartigen vorgabenwirksamen Runde alles sportlich und korrekt zugehen müsse. Besonders die sonst in ihrem Kreis üblichen „Erleichterungen", wie etwa Besserlegen im Rough oder der Einsatz eines Mulligans kämen nicht in Betracht. Insgeheim hatte Gerold sehr wohl mit einer weniger strengen Auslegung der Regeln gerechnet. Warum sollte man denn sonst eine EDS-Runde spielen? Er wollte gar nicht wissen, wie oft Unterspielungen im Club auf diese Weise zustande gekommen waren.

Es kommt, wie es kommen muss. Allein die Ankündigung Wolf-Dieters, die Sache ernst zu nehmen, versetzt Gerold in einen Zustand, der seiner Verfassung am Beginn eines offiziellen Turniers nicht unähnlich ist. Ferdinand und Uli, die als mehr oder weniger unbeteiligte Mitspieler den Flight komplettieren, halten sich angesichts des geschilderten Auftakts zunächst zurück. Wer wollte denn auch noch Öl in das gerade entzündete Feuer gießen?

Gerolds Abschlag landet links im Knick, der die Bahn 1 von Radweg und Straße trennt. Nun ist ja bekannt, dass Gerold seinen leidigen Slice intensiv, aber leider nur mit mäßigem Erfolg, bekämpft hat. Die Bemerkung, er habe es ja kommen sehen, verkneift Uli sich, allerdings nicht ohne darauf hinzuweisen, dass Gerold in dieser Situation gut daran täte, einen provisorischen Ball zu spielen. Er, Uli, hätte schließlich beim letzten Monatsbecher genau an der Stelle, an der Gerolds Ball jetzt mutmaßlich liegen würde, seinen Ball nicht gefunden.

Jetzt meldet sich Wolf-Dieter mit leicht erhobener Stimme. Diese Bemerkung verstoße gegen die Regeln. Es sei alles zu unterlassen, was Gerolds Spiel in irgendeiner Weise beeinflussen könne. Man spiele hier schließlich unter Wettspielbedingungen. Wenn es nicht regelgerecht zuginge, müsse die Runde ohne ihn gespielt werden und

Gerold könne sich einen anderen Zähler suchen. Seine Körpersprache und sein Blick dulden keinen Widerspruch. Die Stimmung für die heutige Runde ist am Tiefpunkt angelangt, und das bereits am 1. Loch. Eigentlich macht es heute keinen Spaß mehr.

Gerold schlägt nach regelkonformer Ankündigung einen provisorischen Ball. Wolf-Dieter nimmt das schweigend zur Kenntnis.

Nach diesem stimmungsvollen Start entspricht der Verlauf der Runde keineswegs den Erwartungen. Jedenfalls was die Erwartungen von Gerold betrifft. Er hatte sich so viel für diese EDS-Runde vorgenommen und nun? Nach 18 Löchern hat er gerade einmal 26 Stableford-Punkte erspielt. Auf dem Weg ins Clubhaus geht ihm durch den Kopf, wen er denn wohl für diese Katastrophe verantwortlich machen könnte. Wolf-Dieter wegen seiner unerwarteten heute gezeigten „Erbsenzählermentalität" oder Uli, der mit seinen voreiligen Bemerkungen – auch auf der Runde konnte er einfach nicht den Mund halten – die Stimmung immer wieder anheizte.

Die folgende Diskussion auf der Terrasse verläuft in erstaunlich ruhigen, geordneten Bahnen. Gerold bestellt in seinem sich langsam legenden Groll eine Runde Pils (auch für Uli ein 0,3l) und versucht, das Thema EDS-Runde zu vermeiden, was natürlich nicht gelingt. Wolf-Dieter hält ihm nämlich die Scorekarte unter die Nase und nötigt ihn, als „Player" zu unterschreiben. Gerold hält das für völlig überflüssig und vertritt die Auffassung, man müsse ja nun ein derart schlechtes Ergebnis nicht auch noch im Sekretariat dokumentieren. Wolf-Dieter nimmt aber die Aufgabe des Zählers noch immer ernst und besteht auf einem ordnungsgemäßen Abschluss der EDS-Runde. Im Übrigen sei es völlig egal, ob Gerold es jetzt auf ein „no return" anlege, die Vorgabe werde auf jeden Fall heraufgesetzt.

Jetzt ist Gerolds Laune, die sich nach dem Genuss der zweiten Runde Pils, die erstaunlicherweise von Uli bestellt worden war, leicht gebessert hatte, endgültig verdorben. Nicht dass die Korrektheit von Wolf-Dieter der Anlass wäre, nein, damit hat er sich schon abgefunden. Was ihn durch den Hinweis auf die neue Vorgabe beschäftigt, ist die Aussicht auf die Kommentare seiner Frau Else, die ab heute mit exakt derselben Vorgabe spielen wird.

Der Golfsport hält wirklich schwere Schicksalsschläge bereit.

***

Entfernungsmesser

An diesem Montag hat die ursprünglich sehr gute Laune im Flight einen erheblichen Dämpfer erlitten. Alles deutet zunächst auf eine entspannte Runde hin. Sie haben es eigentlich gut getroffen, jedenfalls was das Wetter betrifft. Die ersten 9 Löcher sind nach gut 2 Stunden gespielt, die Aussicht auf einen angenehmen Aufenthalt auf der Terrasse motiviert sie, auch die zweiten 9 zügig zu absolvieren. Es gab auch keine besonderen Ausreißer bei den Ergebnissen, es sieht alles danach aus, als könnten sie mit passablen Scores einen schönen Golftag beschließen.

Nach 18 Löchern auf der Terrasse sieht dann alles anders aus.

Es beginnt an der 11, als sie auf einen 3-er-Flight auflaufen, der offensichtlich an der 10 eingestiegen war, ohne Rücksicht auf die nachfolgenden Golfer zu nehmen. Das allein verdient schon Frechheit genannt zu werden, regt sich Ferdinand auf. Und wieder einmal ist weit und breit kein Marshal zu sehen, der diese Unsitte auf dem Platz unterbindet, ergänzt Uli. Na gut denken sie, die werden uns, wenn wir schneller spielen, ja irgendwann vorbei lassen. Diese Annahme stellt sich als Irrtum heraus, denn im Flight vor ihnen gilt die Konzentration ganz anderen Dingen. So verfügt einer der Golfspieler über einen Entfernungsmesser, der ausnahmslos bei jedem Schlag eingesetzt wird. Es scheint ausgeschlossen, dass man dabei in irgendeiner Weise von der folgenden, an jedem Loch wartenden Gruppe Notiz nimmt. Das Ergebnis ist, dass das 18. Loch erst nach mehr als drei Stunden erreicht wird.

Kein Wunder, dass die Stimmung bei den Vieren entsprechend geladen ist, nicht zuletzt weil man schließlich auf das erste Pils über Gebühr lange warten muss. Schon während der Runde waren bissige Kommentare, verbunden mit kernigen Schimpfwörtern in Richtung Vorflight unterwegs, wobei „Schlafmützen" und „Ignoranten" noch die harmlosesten waren.

In der Folge entwickelt sich eine Diskussion über Sinn und Unsinn dieser Entfernungsmesser, deren erfolglose Benutzung immer mehr um sich greift. Gerold gibt zu bedenken, dass der Einsatz solcher Geräte durchaus Sinn mache, er selbst trage sich auch mit dem Gedanken, eines anzuschaffen.

Allerdings werde er das im Internet bei einem dieser Onlinehändler bestellen, weil die Preisvorstellung des Pros, mit dem er darüber verhandelt hätte, jenseits von Gut und Böse liegen würde.

Wolf-Dieter, Uli und Ferdinand schauen etwas ungläubig. War es nicht gerade Gerold, der auf der heutigen Runde über den Typen, der sich ewig Zeit mit der Entfernungsmessung gelassen hatte, wie ein Rohrspatz schimpfte? Der diesbezügliche Einwand wird von Gerold sofort entkräftet. Das sei überhaupt nicht vergleichbar. Sinnvoll sei ein derartiger Entfernungsmesser ja nur dann, wenn man den eigenen Schlag auch auf die z.B. ermittelte Entfernung von 95 m einrichten könne. „Man muss also schon genau spielen können", ergänzt er. Die Freunde schauen Gerold ungläubig an. „Und du beherrscht dieses präzise Spiel?" traut Uli sich zu fragen. Das hätte er nicht tun sollen, denn die ohnehin nicht sonderlich fröhliche Stimmung kippt weiter. „Was soll denn diese Frage?" entfährt es Gerold, „wollt ihr mein Spiel mies machen, wollt ihr behaupten, ich könne nicht 95 m weit schlagen?" „So war das nicht gemeint" verteidigt Uli sich. Aber es ginge ja nicht ausschließlich darum, wie weit man schlagen könne. Wenn 95 m gefragt wären, mache es auch keinen Sinn 100 m weit zu schlagen. So genau könne er sicher die Entfernung nicht dosieren. Und bei ihm, Gerold, käme ja noch hinzu, dass seine Schläge im Allgemeinen unter einer gewaltigen Streuung litten. Da wäre ja selbst die exakte Länge von 95 m wenig hilfreich, wenn der Ball in eine andere Richtung geflogen wäre.

Das ist das Ende einer halbwegs sachlichen Unterhaltung. Gerold steht wortlos auf, würdigt seine Freunde keines Blickes und verschwindet.

Die Zurückbleibenden sind sich einig: Gerold hat überreagiert und soll nicht so zimperlich sein. Und was die Entfernungsmesser angeht bestehen ja wohl keine Zweifel, dass nur bei einer gewissen Spielkunst der Einsatz überhaupt Sinn macht. Ob einer von ihnen bereits in dieser Leistungsklasse unterwegs sei, könne mit Fug und Recht in Frage gestellt werden.

***

Eine misslungene Annäherung

Am heutigen Montag spricht Gerold ein Thema an, das die Freunde ziemlich aus der Fassung bringt, gleichwohl aber auf gewaltiges Interesse trifft.

Sie alle würden ja die sehr sympathische, nette Veronika kennen. Die drei Freunde nicken und bestätigen, dass es sich um eine sehr attraktive Frau handelt, die überaus gut gebaut und deshalb für jeden halbwegs normal veranlagten Mann eine Augenweide ist. Genau mit dieser Veronika hätten er, Else und noch ein paar andere Mitglieder nach dem letzten Turnier an einem Tisch gesessen. Veronika nun, wie Gerold mit etwas zurückhaltender Formulierung berichtet, hätte sich in nicht zu übersehender Weise an ihn „herangemacht".

Da sie direkt neben ihm saß, war ihm schon aufgefallen, dass sie ihm verdächtig nah kam, obwohl es auf der Bank, auf der sie saßen, durchaus genug Platz gab. Im Laufe des Abends, zu vorgerückter Stunde und nach dem Genuss einer beachtlichen Menge Alkohols, wurden die Annäherungsversuche immer deutlicher, was ihm wegen der Anwesenheit von Else zunehmend peinlich wurde. Schließlich verirrte sich gar eine Hand Veronikas auf seinen rechten Oberschenkel. An diesem Punkt der Erzählung beugen sich die Freunde nach vorne, näher zu Gerold, um ja kein Detail dieser spannenden Story zu verpassen.

„Also", berichtet Gerold weiter, „die Situation wurde immer kritischer für mich. Else hatte offensichtlich noch nichts bemerkt, sie war mit ihrer Nachbarschaft im Gespräch vertieft." Veronika hingegen ließ sich nicht abschütteln und setzte ihre Annäherungsversuche fort.

Die Berichterstattung durch Gerold wird kurz unterbrochen, weil Christine gerade eine frische Runde Pils bringt und von dem jetzt in die heiße Phase tretenden Gespräch natürlich nicht unbedingt etwas mitbekommen muss.

Nach dem ersten Schluck geht es weiter: Gerold berichtet, dass ihn die geschilderte Situation leicht überforderte. Er war sich nicht sicher, ob er den Avancen Veronikas nachgeben sollte – er ist schließlich schon so lange verheiratet, dass auch die „Früchte in Nachbars Garten" manchmal eine verlockende Ausstrahlung haben. Ferdinand fragt mit der ihm eigenen direkten Art: „Und, hast du die Gelegenheit genutzt und eine Verabredung getroffen? Die Frau ist eine Sünde wert!"

Gerold kann es nicht fassen, dass man ihm einen Seitensprung zutraut. „Natürlich nicht" entgegnet er Ferdinand. Seinen Gedanken „Eigentlich hat er Recht" spricht er nicht aus. Der weitere Verlauf dieser Begebenheit schließt allerdings jede weitere Überlegung an ein Abenteuer mit Veronika aus, eigentlich schade.

Gerold schildert, wie die Gesellschaft sich plötzlich auflöste und die ihm nicht unangenehme Nähe zu Veronika schnell beendet war. „Du Flasche", setzt Ferdinand nach, „die Gelegenheit hätte ich mir nie entgehen lassen".

Eine Gelegenheit, die eigentlich keine war. Die Affäre, die sich hätte anbahnen können, war nämlich zu Ende, bevor sie richtig beginnen konnte.

Gerold kommt nun zur Fortsetzung und gleichzeitig zum Ende seines Abenteuers mit Veronika. Beim nächsten Treffen auf der Golfanlage hätte Veronika vorgeschlagen, dass man sich doch einmal gemeinsam treffen könne, also gemeinsam mit Else, zu dritt.

Die Verwirrung Gerolds wegen dieses Vorschlags bedarf keiner weiteren Schilderung, die Freunde haben genug Vorstellungskraft. Lediglich Wolf-Dieter, der die ganze Zeit interessiert, aber regungslos zugehört hatte, kommentiert das Ereignis: „Gerold, wie naiv bist du eigentlich? Die Annäherung Veronikas galt nicht in erster Linie dir, sondern auch Else. Es ist doch hier im Club ein offenes Geheimnis, dass Veronika Frauen und Männer mag. Vielleicht solltest du Else danach fragen. Sie wird dir sicher mehr erzählen können."

Heute trennen sich die Golffreunde amüsiert, lediglich Gerold ist etwas irritiert.

***

Hunde auf dem Golfplatz

An einem der nächsten Montage, die Freunde haben gerade die gemeinsame Golfrunde ohne erwähnenswerte Zwischenfälle absolviert - wenn man mal von der 11 an Loch 16 absieht, die Gerold sich durch seinen immer noch sehr zuverlässigen Slice eingehandelt hat - ist ein Ereignis Gesprächsthema, das die Gemüter nicht nur in dieser Runde erregt. Seit kurzer Zeit sind nämlich Hunde auf dem Platz erlaubt.

Wenn das kein Grund für eine heftige Auseinandersetzung ist! Uli, der den Freunden nicht gerade als Hundefreund bekannt ist, hat diese Information von der Homepage des Clubs, auf der neuerdings heftig für die Mitnahme der vierbeinigen Lieblinge geworben wird. Dass es zu diesem Thema sehr unterschiedliche Positionen zu vertreten gilt, wird schnell klar.

Uli berichtet jetzt aber nicht nur über die Entdeckung auf der Homepage, sondern ergänzt seine Bemerkung um eine sehr umfängliche Erläuterung über Hundehaltung an sich und die sich daraus ergebenden Hygieneprobleme, speziell in Wohnräumen. Es reiche ja wohl, dass die Hunde in das Restaurant mitgenommen würden, wo sie ungehindert umher rennen könnten. Die Anzahl der Golfplätze, auf denen man Hunde erlauben würde, sei verschwindend gering. Warum nun ausgerechnet ihr Golfclub diesem schlechten Beispiel folgen würde, sei ihm rätselhaft.

Wolf-Dieter antwortet mit dem Hinweis, er habe vor kurzem in einem Gespräch mit dem Geschäftsführer erfahren, dass man durch diese Maßnahme die Zahl der Greenfeespieler deutlich steigern wolle. Dieses Angebot für Golfer mit Hund würde die Attraktivität der Anlage spürbar erhöhen.

Mit seinem Beitrag löst Wolf-Dieter bei seinen Gesprächspartnern skeptische Mienen und mitleidiges Lächeln aus. Derlei Optimismus des Betreibers können sie nun wirklich nicht teilen.

Wie man weiß, hat Ferdinand, der bisher ziemlich teilnahmslos zugehört hat, selbst einen Hund. Schon während seiner Zeit als Fleischfachverkäufer mit Umsatzbeteiligung war er glücklicher Hundebesitzer. Die Vorteile, die sich durch seine Tätigkeit im Hinblick auf die Ernährung des Hundes ergeben hatten, liegen ja auf der Hand. Nun hatte er sich so an das Leben mit einem Hund gewöhnt, dass er auch nach seiner Pensionierung auf die Gesellschaft eines Vierbeiners Wert legt. Aber natürlich nicht während des Golfspiels. Auch wenn sein „Hasso" äußerst gut erzogen ist, aufs Wort gehorcht und auch sonst ein lieber Kerl ist. Aber das sagen ja alle Hundehalter von ihrem Hund. Hasso ist übrigens eine ziemlich undefinierbare Mischung aus Border Collie, Golden Retriever und man weiß es nicht so genau.

Ferdinand hält als ausgewiesener Hundefreund mit seiner Meinung nicht hinter dem Berg und spricht sich deutlich gegen Hunde auf Golfplätzen aus. Es mag ja Hunde geben, mit denen eine Runde Golf einigermaßen entspannt ablaufen könne. Man müsse aber auch mit der anderen, meist unvorhergesehenen Variante rechnen, die für eine Menge Stress sorgen könne. Beim Hundehalter und eben auch bei anderen Golfern. Es gebe eben Hunde, die könnten ihren angeborenen Jagdtrieb nicht immer beherrschen, was ja bei der häufig vorherrschenden „Gänsedichte" auf dem Platz durchaus ein Problem sein könne. Er habe vor einiger Zeit auf einem Platz gespielt, auf dem ebenfalls Hunde zugelassen waren, und könne von einem ziemlich kräftigen Exemplar berichten, das, während Herrchen sich auf den Abschlag konzentrierte, auf einen plötzlich gesichteten Hasen Jagd machen wollte. Bedauerlicherweise war der Hund am Caddiewagen von Herrchen angebunden. Das „Gespann" Hund mit Caddiewagen und Bag bewegte sich spektakulär über den Golfplatz. Da half auch energisches Rufen nicht mehr. Die Unruhe auf dem Platz hatte auch die Spieler auf der benachbarten Bahn beeindruckt. Es gab Ärger.

Aber, so führt Ferdinand weiter aus, das eigentliche Problem seien nicht nur die Hunde, sondern auch deren Halter, die die Hinterlassenschaften ihrer vierbeinigen Begleiter in den Papierkörben auf dem Platz entsorgten, was an Sommertagen binnen kurzer Zeit an den Abschlägen intensive Gerüche verursache. Er jedenfalls habe das erlebt und deshalb eine eindeutige Meinung zu dem Thema. Aber man müsse sich wohl damit abfinden, dass derartige Entscheidungen getroffen werden, ohne die Meinung der Golfer zu berücksichtigen.

Die vier Freunde genehmigen sich noch einen „Absacker" und brechen auf.

***

Die „Adler" on Tour

Es ist ja bekannt, dass die „Adler" einmal im Jahr auf eine Golfreise gehen. Meistens wird für dieses Vorhaben ein Bus gemietet, der ein deutliches Plus an Gemeinsamkeit garantiert und bereits die Fahrt zu einem besonderen Erlebnis werden lässt. Für derlei Reisen werden die Aufgaben vorher klar verteilt. Planung, Reservierung und Ablauf vor Ort werden ebenso in vertraute Hände gelegt wie etwa die Vorsorgung mit Getränken und fester Nahrung.

Fest steht jedoch, dass diese Art Veranstaltung nur bis zu einem gewissen Grad planbar ist, was so viel bedeutet, dass man immer von einem ansehnlichen Potenzial für Überraschungen auszugehen hat.

Von einem solchen Ausflug berichtet an diesem Montag Gerold, der in der letzten Woche beim Ausflug der „Adler" – er ging über 3 Tage – dabei war. Zu beachten ist, dass Else, seine Frau, diesen „Herrenreisen" nichts abgewinnen kann, weil nach ihrer Erfahrung die „Adler", wenn sie nicht unter Aufsicht ihrer Ehefrauen oder Lebenspartnerinnen sind, regelmäßig über die Stränge schlagen. Details über die notorischen Ausschweifungen will sie gar nicht wissen. Und das ist vielleicht auch gut so.

Nun hat diese Angelegenheit eine Kehrseite, nämlich die, dass auch die „Schwalben" jedes Jahr eine Reise unternehmen, von der wiederum die Männer besser nicht allzu viel erfahren sollten. Da Else zu den „Schwalben" gehört, mit deren Teilnahme man jedes Jahr regelmäßig rechnen kann, blieb ihr nichts anderes übrig, als die Teilnahme Gerolds an diesem Adler-Ausflug schweren Herzens zu akzeptieren.

Auch wenn über die Golfturniere, die an den drei Tagen auf dem Programm standen, nichts Außergewöhnliches zu berichten ist, weiß Gerold von einer Episode zu erzählen, die nicht unbedingt an die „große Glocke" gehängt werden sollte.

Es sei ja üblich, dass über die Adler-Reisen auf der Homepage der „Adler" ausgiebig berichtet würde. Dagegen sei gar nichts einzuwenden, ganz im Gegenteil. Schließlich wären die in der Galerie zu betrachtenden Bilder für alle Teilnehmer eine nette Erinnerung. Und für alle, die nicht dabei gewesen sein konnten, doch eine interessante Information. Das wäre aber genau der Haken, den sie alle erkannt hätten. Warum müssten denn im Internet Bilder erscheinen, die die Reisegruppe zu später Stunde feuchtfröhlich in Feierlaune zeigten, durchweg nach dem Genuss von Alkoholmengen, die einem normalen Mienenspiel und einer zivilisierten Körpersprache zuwider liefen. Es sei ja schließlich klar, dass der eine oder andere nach 5-6 Gläsern Wein nicht mehr alle Gesichtszüge unter einwandfreier Kontrolle hätte. Aus eben diesem Grunde hätten sie eine „Fotostrecke" für die Homepage entstehen lassen, auf der sie alle zu früher Stunde zwar fröhlich aber noch gesittet sich nur mit Wassergläsern zuprosteten. Dass diese Bilder gestellt waren, müsse ja außer diesem vertrauensvollen Kreis niemand wissen. Und so könnten sich auch Kritiker ihrer angeblichen alkoholischen Ausschweifungen davon überzeugen, dass über die Ausflüge der „Adler" viele Gerüchte erzählt würden.

Gut, finden Wolf-Dieter, Uli und Ferdinand, wir werden schweigen wie ein Grab, besonders gegenüber Else.

***

Die „Grünen" erobern den Golfplatz

Nach der heutigen Golfrunde entwickelt sich bei der ersten Runde Bier, die, obwohl eine spielbedingte Verpflichtung dazu nicht vorliegt, freiwillig von Uli bestellt wird, eine angeregte Diskussion über eine überraschende Neuerung auf dem Golfplatz. Natürlich wird zunächst umfassend erörtert, was wohl in Uli gefahren sein könnte, was ihn wohl bewogen hätte, sich zu einer derartigen großzügigen Geste hinreißen zu lassen. Wo er doch nun wirklich nicht in dem Ruf steht, besonders freigiebig zu sein, jedenfalls wenn es um die Finanzierung von Getränkerunden für die Freunde geht. Uli sucht nicht lange nach Erklärungen, es sei ihm einfach danach gewesen. Außerdem fühle er sich in dieser Montagsrunde sehr wohl, es bringe meistens viel Spaß mit ihnen, und er wolle einfach mal danke sagen.

Die Freunde sind kurz sprachlos, genießen das frisch gezapfte Pils - heute von Christine in 0,3 l-Gläsern serviert - und kommen dann ohne Umschweife auf das heute dominierende Thema.

„Was sollen die „Grünen" auf dem Platz?" beginnt Wolf-Dieter. Er meint natürlich nicht etwa die Vertreter einer ursprünglich vorwiegend natur-

und umweltorientierten Partei, deren Anhänger üblicherweise eher selten bei der Ausübung des in der Öffentlichkeit mit gewisser Skepsis betrachteten Golfsports zu beobachten sind. Wolf-Dieter spielt vielmehr auf die auf dem Platz neuerdings eingerichteten grünen Abschläge an.

„Ach, du meinst die grünen Abschläge, die sind doch für Kinder, die gerade mit dem Golfspiel angefangen haben und noch nicht so weit schlagen können, dass sie mit den Erwachsenen auf dem Meisterschaftsplatz mithalten können", weiß Uli zu berichten. Er habe einen Artikel auf der Homepage des DGV gelesen, wo das sehr überzeugend erläutert wird.

Ferdinand will das so nicht gelten lassen, weil er erfahren hat, dass es demnächst ein Turnier in ihrem Club geben soll, bei dem alle, auch einstellige Golfer, die grünen Abschläge nutzen könnten. Man würde dann zwar mit einer niedrigeren Vorgabe starten, hätte aber den Vorteil, auf einem Platz zu spielen der bei 18 Löchern max. 3.300 Meter lang sei. Und es gebe nur PAR 3 und PAR 4 Löcher. Viele Hindernisse, wie Fairwaybunker oder etwa Wasserhindernisse, kämen gar nicht ins Spiel.

Nach einer weiteren kurzen Diskussion stimmt man in der Auffassung überein, dass diese Abschläge, die vom DGV ausdrücklich für Kinder vorgesehen sind, für erfahrene Golfer mit niedriger Vorgabe kaum ein leistungsgerechtes Golfspiel unter fairen Wettbewerbsbedingungen ermöglichen würden.

Eine Woche später sehen sich die vier Golffreunde in ihrer Auffassung bestätigt. Hatte doch ein Mitglied in einem derartigen Turnier, in dem man auch von grünen Abschlägen spielen durfte, sein HCP von -16,7 auf -12,8 verbessert. Dass man auf dem 18-Loch-Meisterschaftsplatz über 18 Locher in dieser Leistungsklasse 49 Netto - Stableford - Punkte erspielen könnte, entzog sich bisher der Vorstellungskraft der Freunde.

***

Die Apfelernte

Wieder einmal müssen sich die vier Freunde nach der heutigen Golfrunde über eine Unsitte auf den Golfplätzen dieser Welt auslassen. Es kommt leider immer wieder vor, dass Golfer ohne Rücksicht auf nachfolgende Spieler hemmungslos ihrer Leidenschaft nachgehen. Gemeint ist die Angewohnheit, nach Bällen zu angeln, und zwar nicht nur nach den eigenen. Man kennt ja die Stellen auf dem Heimatplatz, die geradezu prädestiniert sind und sich als „Sammelplatz" für verirrte Bälle auszeichnen. Und genau in diesen meist flachen Uferbereichen wird der „15. Schläger", nämlich die Angel, einem umfangreichen und leider zeitaufwändigen Gebrauchstest unterzogen. Wer hätte dafür kein Verständnis und würde sich demzufolge als Spieler im nachfolgenden Flight nicht in Geduld üben?

Die Diskussion über dieses leidige Thema endet meistens mit harscher Kritik am Management, das es immer wieder versäume, zur rechten Zeit - nämlich wenn die vier Freunde ihre Montagsrunde spielen - einen Marshal einzusetzen.

Heute bleibt es nicht bei diesem Kritikpunkt. Heute hat ein anderes Vorkommnis ihre Golfrunde nachhaltig beeinflusst.

Um rechtzeitig und ohne unnötige Verzögerung nach der Runde an die obligatorischen Erfrischungsgetränke zu gelangen, bemühen sich die Vier immer um ein flottes Spiel. So wird z.B. nach einem verzogenen Ball schon bei geringsten Zweifeln, ob der Ball wohl zu finden sei, ein provisorischer Ball gespielt. Sollte ein Ball im Wasser landen, wird nicht lange gesucht und gefischt, es wird sofort weitergespielt. Vergeblich wird man bei den Freunden eine Angel im Bag suchen. Selbst Ferdinand, der vor nicht allzu langer Zeit einen solches „Ballfischgerät" erstanden hatte, verzichtet zur Freude seiner Freunde inzwischen auf die Mitnahme desselben. Die Freunde gelten deshalb auch im Club als „Flotter Vierer".

Was sie heute am schnellen Vorankommen hindert, ist ein jahreszeitbedingter Umstand. Zwischen Loch 7 und Loch 15 befindet sich nämlich eine umfangreiche Anpflanzung von Apfelbäumen, die gerade jetzt reife, besonders schmackhafte Früchte tragen. Den Freund regionaler Köstlichkeiten wird es nicht wundern, dass so manche Golfrunde kurz unterbrochen wird, um das Fassungsvermögen des Golfbags für die vorübergehende Lagerung frisch geernteter

Äpfel zu nutzen. Ärgerlich ist nur, dass es heute ausgerechnet Gerold, Wolf-Dieter, Ferdinand und Uli trifft, die dadurch an der Fortsetzung ihrer Golfrunde gehindert werden.

An ein Durchspielen ist nicht zu denken, denn von der Spielergruppe vor ihnen stehen 2 Damen mitten auf dem Fairway, während die dritte Spielerin in aller Ruhe nach den schönsten Früchten Ausschau hält. Auf die Idee, den nachfolgenden Flight vorbeizulassen, kommt man nicht. Die Ernte hat Vorrang.

Die Herren bestellen sich eine neue Runde Pils und diskutieren weiter darüber, dass in diesem Club Verhaltenmuster einreißen würden, denen man dringend Einhalt gebieten müsse. Schließlich stimmen sie wie immer in der Meinung überein, dass das Management nicht länger auf Marshals verzichten könne.

Sie brechen alsbald nach dieser heute nicht sehr erfreulichen Runde auf.

Als Gerold seine Wohnungstür öffnet, empfängt ihn ein herrlicher Duft von frisch gebackenem Kuchen. Else begrüßt ihn mit den Worten: „Hallo Gerold, möchtest du ein Stück Kuchen? Ich habe gerade frisch gebacken."

Natürlich möchte Gerold und führt anschließend mit Else bei Kaffee und Kuchen folgendes Gespräch:

Gerold: „Der Apfelkuchen schmeckt super, wo hast du denn die Äpfel gekauft?"

Else: „Die habe ich nicht gekauft, die habe ich gestern, als ich mit den Damen unterwegs war, auf dem Golfplatz geerntet."

Ganz so gut schmeckt der Apfelkuchen Gerold nun doch nicht mehr.

***

Der Monatsbecher

Selten tritt Uli mit so guter Laune und strahlender Miene in der Montagsrunde auf wie am heutigen Montag. Bereits auf der Runde lässt er sich von Rückschlägen bei seinem Golfspiel, wie etwa Schlägen ins Wasserhindernis, vergeblichen Versuchen aus Bunkern zu kommen oder gar Schlägen ins Aus, nicht aus der Ruhe bringen. Seine positive Stimmung ist unerschütterlich und beeindruckend. Folgerichtig wird er von seinen Freunden, unmittelbar nachdem sie sich nach der Golfrunde auf der Terrasse eingerichtet haben, gebeten, sich doch für seinen „Zustand" zu erklären.

„Wisst ihr das denn nicht? Lest ihr keine Ergebnislisten? Ich habe gestern beim Monatsbecher das 1. Netto gewonnen und damit das Anrecht auf einen eigenen Parkplatz für die Dauer von 4 Wochen erworben." Ferdinand, Wolf-Dieter und Gerold gratulieren überschwänglich zu diesem tollen Erfolg und erleben, dass Uli sich veranlasst sieht, eine Flasche Pinot Grigio mit vier Gläsern zu bestellen, dies sei schließlich ein besonderer Anlass, den er mit den Freunden zu feiern gedenke.

In der Folge entwickelt sich ein Gespräch über die Einrichtung dieses reservierten Parkplatzes für den jeweiligen Nettosieger des Monatsbechers. Es sei ja eine gute Idee des Vorstands gewesen, die reservierten Plätze für Vorstandsmitglieder und Funktionäre des Golfclubs abzuschaffen. Auch wenn der frühere Vorstand dieses Privileg wohl gern in Anspruch genommen hätte, auch Vorstandmitgliedern könne man ja wohl zumuten, ein paar Meter mehr zum Auto zu laufen. 18 Löcher würden sie ja auch ohne Beschwerden bewältigen.

„Ja aber" meldet sich Ferdinand, in den meisten anderen Golfclubs, die er kenne, hätten die Vorstände reservierte Parkplätze. Wolf-Dieter findet, dass ihr Golfclub ja wenigstens in diesem Punkt ein gutes Beispiel gebe. Außerdem sei es völlig in Ordnung, dass jetzt - wenigstens für einen Monat - Uli in den Genuss dieses reservierten Parkplatzes komme. Und besonders gut finde er, dass ein Schild mit Ulis Namen über dem Parkplatz von seinem Erfolg künde!

***

Der Ehepaar-Vierer

Eine Woche nach Ulis überraschendem Erfolg, gibt es wieder ein Turnier aufzuarbeiten, das am gestrigen Sonntag gespielt wurde. Teilnehmer und demzufolge Berichterstatter ist Gerold, der mit seiner Frau Else am selten gespielten Ehepaar-Vierer teilgenommen hat. Es ging gestern um einen Chapman-Vierer, für den nur Paare melden konnten und der in Golferkreisen durchaus auch als Scheidungs-Vierer bekannt ist.

Die drei Freunde wundern sich sehr, als Gerold mit seinem - wie er behauptet - authentischen Bericht beginnt. Zufällig hätten sie mit Heidemarie und Hermann in einem Flight gespielt. Man wisse ja, dass Heidemarie als Ladies-Captain in Golfsachen äußerst penibel sei und strengstens darauf achte, dass alles mit rechten Dingen zugehe. So hätten sie auch erlebt, dass sie ihren Mann Hermann mehrfach wegen weniger guter Schläge gerügt hätte. Beim Chapman-Vierer werde ja jeweils der 2. Ball des Partners gespielt, danach sei dann nur noch ein Ball im Spiel, der von den Partnern abwechselnd gespielt werde. Ferdinand bemerkt, er, Gerold, könne sich diese Erläuterung sparen, sie hätten ja schließlich ebenfalls vor nicht langer Zeit einen Chapman-Vierer gespielt.

Das sei gar nicht vergleichbar, entgegnet Gerold, richtig prickelnd werde ein solches Spiel erst mit der eigenen Frau. Bei Hermann hätte man deutlich gespürt, wie der Druck, der auf ihm lastete, zu immer schlechterem Spiel führte. Letztlich konnten Heidemarie und Hermann ihrer Favoritenrolle nicht gerecht werden und landeten auf einem der hinteren Plätze. Wenn er es richtig beobachtet hätte, habe Hermann nach 9 Löchern Tabletten geschluckt, man könne davon ausgehen, dass es sich um Beruhigungspillen gehandelt hätte.

„Naja", wirft Uli ein, „als Apotheker hat er ja direkten Zugang zu derlei Mitteln." Das stimme wohl, aber bei der Frau wäre das auch nötig, ergänzt ein wenig zu bissig Wolf-Dieter, der bei einem früheren Turnier einmal mit Heidemarie in einem Flight gespielt und dabei offensichtlich nicht die besten Erfahrungen gemacht hatte.

Aber hier ging es ja eigentlich um Gerold und Else.

„Und wie lief es nun bei euch?" fragt deshalb Ferdinand. Das ist der Startschuss für einem schwärmerischen Bericht, wie man ihn von Gerold im Zusammenhang mit Else weder jemals gehört noch sich hätte vorstellen können. Es sei geradezu begeisternd gewesen, wie sie sich bei diesem Spiel ergänzt hätten. Die Abschläge von Else landeten ausnahmslos Mitte Fairway, sodass er für den zweiten Schlag immer perfekte Voraussetzungen hatte. Und wenn ihm einmal ein Schlag misslungen wäre, hätte Else das immer ausgebügelt, wie z.B. an der 5, wo er den Ball in den Grünbunker gespielt, Else ihn aber aus schwieriger Lage aus dem Bunker direkt an die Fahne gesetzt hätte. Kurzum, es sei eine perfekte Runde gewesen, die ihnen einen beachtlichen 3. Platz in der Nettowertung eingebracht hätte. „Und was ich noch ergänzen will", schließt Gerold seine Lobgesänge auf Else, die Greenkeeper hätten gute Arbeit geleistet, der Platz sei in gutem Zustand gewesen, was man ja in letzter Zeit nicht immer behaupten konnte.

Erfreut über diesen positiven Befund durch Gerold verabschieden sich die Freunde, nicht ohne vorher noch mit einem „Absacker" auf Gerolds Wohl zu trinken.

***

Das Oktoberfest

Nach der heutigen Runde, die leider bei ziemlich unfreundlichem Oktoberwetter gespielt wurde, kommt das Gespräch auf eine in diesen Tagen weit verbreitete folkloristische Veranstaltung, die auf den Golfanlagen dieses Landes immer mehr zu einem sog. Traditionsevent erklärt wird. Die Rede ist vom Oktoberfest, aus dessen Anlass jeder Golfclub, der auf sich hält und „weltoffen" erscheinen will, ein Oktoberfestturnier durchführt.

Nun hat ja das Oktoberfest, das jedes Jahr auf der Theresienwiese in München stattfindet, wirklich eine lange Tradition. Anlässlich der Hochzeit zwischen Kronprinz Ludwig und Prinzessin Therese fanden in München im Oktober 1810 zahlreiche private und öffentliche Feiern statt. Auf deren letzte, das Pferderennen am 17. Oktober, geht das Oktoberfest zurück. Es liegt dem Autor fern, zwischen den Turnieren, die in Anlehnung an das Oktoberfest auf den Golfanlagen durchgeführt werden und dem Pferderennen vom 17. Oktober 1810 irgendeinen Zusammenhang herzustellen. Es kann aber nicht verschwiegen werden, dass, so wie damals die Pferde, heute die teilnehmenden Golfer gar prächtig herausgeputzt zum Wettstreit antreten.

Damen und Herren wetteifern gleichermaßen um das originellste und vermeintlich publikumswirksamste Outfit. Herren in Lederhose, Janker und mit Gamsbart geschmücktem Filzhut und Damen in Trachtenblusen und Kniebundhosen kann man teilweise schon während der Runde beobachten. Die Golfergebnisse haben bei einem solchen gesellschaftlichen Ereignis nur untergeordnete Bedeutung. Sehen und gesehen werden stehen im Vordergrund. Und natürlich die „Gaudi".

Bei der Halfwayverpflegung werden stilecht bayrischer Leberkas und Weißwürschtl gereicht, gezapft wird würziges hochprozentiges Oktoberfestbier aus München. „Mei, schmeckt des guat!" Natürlich mit einer frisch „aufbackenen Brezn".

Für das auf den sportlichen Teil folgende zünftige Bayrische Buffet, das sinnigerweise erst 1 ½ Stunden, nachdem der letzte Flight das Clubhaus erreicht hat, eröffnet wird, legen die Damen in Sachen Kosmetik und Garderobe noch einmal kräftig nach. Die bis ins Detail den großen Vorbildern aus München nachempfundene Verkleidung braucht schließlich Zeit. Dass die heute meistens aufgebotenen Dirndl in aller Regel nichts mehr gemein haben mit den Originaltrachten, wird billigend in Kauf genommen. Hauptsache ordentlich „aufgebrezelt"!

Es versteht sich von selbst, dass zum Buffet, das mit einer ganzen Reihe bayrischer Schmankerln aufwartet, eine „Original bayrische Blaskapelle" aus dem Nachbarort „zünftge Musi" spielt. Inzwischen gibt es auch nördlich des „Weißwurscht-Äquators" eine Vielzahl von „Bayerischen Blaskapellen", die zur Zeit der Oktoberfeste über gut gefüllte Terminkalender verfügen.

In diesem Jahr hat nun Uli, der eigentlich von derartigen Veranstaltungen aus Kostengründen Abstand nimmt, gemeinsam mit seiner Frau an der Feier im Club teilgenommen. Es ist ja bekannt, dass Mechthild dem Golfspiel eher ablehnend gegenübersteht. Da man beim Oktoberfestturnier allerdings auch nur am gemeinsamen Essen teilnehmen und auf das Golfspiel verzichten kann und Mechthild schon immer Sympathien für die bayrische Lebensart hegt, war es für Uli ein Leichtes, sie zu einer Teilnahme zu bewegen.

In Wahrheit hatte ihre Bereitschaft noch einen weiteren schwerwiegenden Grund. Während ihres letzten Urlaubs, den sie zum Wandern in Oberbayern verbracht hatten, war es zu einer folgenschweren Entscheidung gekommen. Auf dem Weg zur Seilbahn, mit der sie sich morgens auf den Berg transportieren ließen, um sich den beschwerlichen und für Urlauber aus dem Flachland eher ungewohnten Aufstieg zu ersparen, kamen sie regelmäßig an einem schmucken Trachtengeschäft vorbei. Mechthild hatte schon am ersten Tag ein Auge auf ein wunderhübsches, allerdings sehr auffälliges Dirndl im Schaufenster geworfen. „Schau mal, Uli, ist das nicht hübsch?" versuchte sie Uli auf das Objekt der Begierde aufmerksam zu machen. Mit dem Hinweis auf den Fahrplan der Seilbahn und die Tatsache, dass die nächste Bahn erst wieder in einer Stunde ginge, konnte er Mechthilds Aufmerksamkeit zunächst einmal von dem Schaufenster ablenken.

Aufgeschoben ist ja bekanntlich nicht aufgehoben.

Bereits beim Abendessen erklärte Mechthild ihre Absicht, am nächsten Morgen etwas früher aufzubrechen, um Zeit für einen Besuch des Trachtenladens zu gewinnen. Uli ging nicht auf dieses Thema ein, in der Hoffnung, am nächsten Tag würde sich das Problem schon lösen lassen.

Dem war nicht so.

Bereits beim Frühstück mahnte Mechthild zur Eile, sie müsse unbedingt noch in den Trachtenladen. Uli fügte sich. Im Geschäft angekommen, stellte sich heraus, dass nicht nur Konfektion angeboten wurde, nein, die junge – wie Uli fand, auch durchaus attraktive – Verkäuferin erläuterte zusätzlich das Angebot für Maßanfertigungen. Wie lange die Herrschaften denn noch bleiben würden? Zur Not könne man das fertige Kleid nebst Schürze auch nachschicken.

Uli spürte seine Chancen schwinden, um diese durchaus ins Geld gehende Investition herumzukommen. Sicher wäre ein Kleid von der Stange um einiges günstiger als eine Maßanfertigung. Deshalb warf er noch einen Blick auf das Kleid im Schaufenster, das am Vortag Mechthilds Aufmerksamkeit in Anspruch genommen hatte. Er musste einräumen, dass das wirklich ein schickes Dirndl war, das seiner Frau sicher gut stehen würde.

Die nette Verkäuferin hatte natürlich sein Interesse bemerkt und nahm das Kleid umgehend aus dem Fenster um es mit folgenden Worten anzupreisen: „Dies ist ein besonders elegantes Dirndl für jeden Anlass. Das einteilige, knöchellange Dirndl ist in der klassischen Form gefertigt und besticht durch die attraktive Knopfreihe im Vorderbereich. Der tiefe Ausschnitt besitzt in der Mitte eine leicht gebogene Kante und ist mit aufwendigen Biesen verziert, die bis in den Taillenbereich gearbeitet sind. Ich würde Ihnen dazu eine passende Dirndlbluse mit tiefem Ausschnitt und eine rote Schürze empfehlen. Selbstverständlich zeige ich ihnen auch gerne einen passenden BH, mit dem sie ihr attraktives Dekolleté dirndlgerecht in Szene setzen können."

„Möchten Sie das Dirndl anprobieren?"

Mechthild mochte.

Jetzt war das Unheil aus Ulis Sicht nicht mehr aufzuhalten. Allerdings gab es noch einen kleinen Hoffnungsschimmer. Wie sich bei der Anprobe herausstellte, war das Kleid in der Taille etwas zu weit. Da die nette, attraktive Verkäuferin die kleine Änderung zuverlässig für den nächsten Tag zusagte und sich bereit erklärte, Kleid, Schürze und Bluse ins Hotel bringen zu lassen, war der Deal nicht mehr zu verhindern. Uli zückte schweren Herzens seine EC-Karte.

Man wird einsehen, dass Mechthild nach dieser Neuanschaffung unbedingt die Gelegenheit nutzen wollte, sich bei der Abendveranstaltung des Oktoberfestturniers mit dem neuen Dirndl zu präsentieren.

Heute nun sitzt Uli mit seinen Golffreunden auf der Terrasse und berichtet von dem Auftritt seiner Frau am letzten Samstag im Club. Da Mechthild ja nicht mitgespielt hatte, sei sie rechtzeitig zum Essen, dem Anlass entsprechend herausgeputzt, ins Clubhaus gekommen.

„Wir hatten Plätze an einem Tisch für 6 Personen belegt", setzt Uli seine Schilderung fort, „natürlich waren wir ein wenig gespannt, wer sich noch zu uns gesellen würde." Dann hätten sich zwei Herren, die sie alle aus dem Nachbarclub, in dem sie ja früher gespielt hätten, gut kennen, zu ihnen gesetzt. Die dazugehörigen Damen würden gleich nachkommen, sie wären noch in der Umkleide. Man wisse ja, wie das wäre, wenn Damen sich für einen so wichtigen Anlass vorbereiteten.

Den Fortgang könnt ihr euch nicht vorstellen, behauptet Uli. Nach kurzer Zeit kommen wie angekündigt die beiden Damen zur Begrüßung an unseren Tisch. Eine der beiden wird bei Mechthilds Anblick aschfahl, Uli beobachtet wie Mechthild offensichtlich einer Ohnmacht nahe ist. Hat doch eine der beiden Damen exakt das gleiche Kleid an, wie Mechthild! In dieser für Frauen einer Katastrophe gleichkommenden Situation kämpfen die Damen um ihre Fassung und sind sprachlos. Die Herren, so Uli, hätten sich rücksichtsvoll zurückgehalten, sich aber verständnisvolle Blicke zugeworfen.

Das dicke Ende kommt bekanntlich zum Schluss.

Nachdem sich die Aufregung einigermaßen gelegt hatte, so Uli, hätte eine angeregte Unterhaltung begonnen, in deren Verlauf die Damen auch auf das Malheur mit den Kleidern zu sprechen kamen. Inzwischen war man sich einig, dass so ein Zufall passieren könne und eigentlich doch mit Humor zu ertragen sei.

Das Gespräch ging dann leider so sehr ins Detail, dass Mechthild von der ihr gegenüber sitzenden Dame gefragt wurde: „Haben Sie das Kleid auch so günstig im Internet erstanden?". Das war der Punkt, an dem auch Humor nicht weiterhalf. Ohne weiter auf dieses Thema einzugehen, bestand Mechthild darauf, wegen eines plötzlichen Unwohlseins von Uli umgehend nach Hause gefahren zu werden.

Nachdem Uli seine Schilderung zu Ende gebracht hat, erntet er von seinen Freunden Blicke, die nichts anderes als Mitleid ausdrücken. Schließlich geht es nicht nur um die Enttäuschung Mechthilds, Uli könnte auch ein nicht zu unterschätzender Vermögensschaden entstanden sein. Derlei Einkäufe im Internet wären doch sicher weit günstiger, als der Einkauf in einer „Dirndl-Boutique" mit individueller Bedienung in einem bayrischen Urlaubsort.

Dieser Gedanke ist für Uli allerdings unerträglich. Er bestellt eine Runde Schnaps und will seinen Ärger gemeinsam mit den Freunden ertränken.

***

Das war es

Das hatte nun keiner erwartet. Sollte das heute wirklich das letzte Mal sein, dass sie nach ihrer Golfrunde auf der Terrasse ausgiebig über Gott, die Welt und natürlich das Golfspiel diskutieren? Sie hatten es immer als besondere Serviceleistung des Wirts verstanden, montags, wo doch die meisten Golfrestaurants nicht geöffnet haben, Golfer nach ihrer Runde mit kleiner Küche aber trotzdem perfekten Service zu erfreuen. Nun sollte das vorbei sein? Die Nachricht schlägt bei ihnen wie eine Bombe ein.

Wolf-Dieter hat die Neuigkeit als erster erfahren und weiht seine Golffreunde ein. Es geht demnach nicht nur darum, dass das Restaurant montags geschlossen sein wird, nein, der Wirt schließt endgültig.

Über die Gründe wird nun in alle Richtungen spekuliert und diskutiert. Wieso wird eine so erfolgreiche Partnerschaft mit dem Wirt so schnell beendet? Gab es nicht einen laufenden Vertrag? Es sei doch wohl zu befürchten, dass die Qualität des Restaurants nun leiden wird. Von anderen Clubs sei ja bekannt, dass die Wirte sich nicht lange halten könnten, weil Golfclubrestaurants doch sehr wetterabhängig und außerdem Saisonbetriebe wären. Wolf-Dieter wird gefragt, ob er weitere Informationen und Antworten auf die Fragen habe.

Wie es weitergehen soll und wer die Restauration übernehmen wird, sei ihm nicht bekannt. „Das war es dann also" will Uli das Kapitel abschließen. Doch die Freunde geben sich damit nicht zufrieden. „Dann gehen wir nach dem Spiel eben in den Gasthof im Nachbarort, dort werden wir auch vorzüglich bedient" schlägt Gerold vor und findet Zustimmung.

Das Ende der Terrassengespräche, jedenfalls im Restaurant des Clubhauses, ist damit beschlossen.

Das war es also wirklich!

***